「昨日から君のことばかり考えていた」
ネイヴィルに理央はいきなり
抱きしめられ唇を奪われた。
Illustration : Akaza Samamiya

セシル文庫

愛されて甘やかされて恋を知る

伊郷ルウ

イラストレーション／サマミヤアカザ

愛されて甘やかされて恋を知る◆目次

愛されて甘やかされて恋を知る

1

ホテル〈クイーンズ・コンチネンタル・銀座〉の豪奢《ごうしゃ》なロイヤルスイートの寝室に、甘く淫らな喘ぎ声が絶え間なく響く。

純白のシーツに投げ出したしなやかな肢体《したい》には、執拗《しつよう》に続けられる男の愛撫によって仄《ほの》かな赤味が差している。

三久保理央《みくぼりお》が一糸まとわぬ姿を男の目に晒《さら》してから、すでに長い時間が過ぎていた。

「あぁ……んんっ……」

腿の内側を何度も柔らかに撫でられ、足先までが小刻みに震える。

焦《じ》らされ続けている理央は、男の広い背を両手で掻き抱き、せがむように細い身体を押しつけた。

男とは今日、初めて会った。名前ばかりか、なにを生業《なりわい》にしているのかすら知らない。

ホテルの最上階のバーでひとり酒を飲んでいるときに、男のほうから声をかけてきた。

年の頃は三十代半ばくらいだろうか、長身で三つ揃いのスーツを上品に着こなした美貌の男は、透けるような白い肌、輝くブロンド、そして魅惑的な菫色《すみれ》の瞳を持っていた。

外見と立ち居振る舞いは、いかにもヨーロッパの上流階級出身といった感じなのだが、驚くほど流暢《りゅうちょう》な日本語を操った。

男は自分の瞳と同じ色をしたカクテルをさりげなく勧《すす》め、そして、笑顔でベッドに誘ってきた。

理央は男から誘惑されたからといって、すぐに身体を許すほど尻軽ではなく、一度として行きずりの相手に身を任せたことがない。

しかし、柔らかな笑みを浮かべた男に、菫色の瞳で見つめられた途端、どうしても嫌だと言えなくなり、彼に誘われるまま贅《ぜい》を尽《つ》くしたこの部屋に来ていた。

「焦ってはいけない。まだ始まったばかりだよ」

耳元で囁いた男が、しっとりと汗ばんだ髪を長い指で優しく掻き上げる。

あやすように言われたところで、火のついた身体は長い愛撫に熱が高まるばかりだ。

「もう……待てない……」

潤《うる》んだ瞳を向けたが、男は笑顔で首を横に振り、内腿《うちもも》への愛撫を再開する。

「んふっ」

腿のつけ根を軽く撫でられ、理央の足がしどけなく開いた。

中心部分はすっかり勃《た》ち上がり、先端から零れた蜜が裏筋を伝っている。しかし、男はいまだそこには触れようともしなかった。

「あぁぁ……」

理央はせつない声をもらしつつ、恨みがましく男を見つめる。

輝くブロンド、透き通るような白い肌、そして、自分をすっぽりと包み込んでくれる大きな身体までが、理央がかつて愛した男にそっくりだった。

その男からは一方的に別れを告げられた。心から愛し合っていると信じて疑わなかったからこそ、彼との決別は思い出すのも辛《つら》い。

それにもかかわらず、こうしてよく似た男の誘いに乗ってしまったのは、心の片隅にかつて愛した男に対する未練が残っていたせいだろうか。

しかし、ベッドインしてすぐ、似ているのは外見だけだと思い知らされることとなる。天国へと導くためのキス、抱擁《ほうよう》、愛撫のどれもが格段に素晴らしく、過去の男はとうに理央の頭から消え失せていた。

一夜限りの夢を見るだけと、そんなつもりで身を委《ゆだ》ねたというのに、ねっとりと甘いキスに始まり、延々と続く愛撫に全身が蕩《とろ》けそうになっている。

「お願いだから」

いつまでも終わらない愛撫に焦《じ》れきった理央は、早く触ってほしいと喘いでいる己《おのれ》自身に男の手を導く。

二度と会うことがない行きずりの相手であり、振る舞いも自然と大胆になる。

「ここ……触って」

理央は己自身への愛撫を自《みずか》ら求めた。

「おねだり上手だな」

端正な顔を綻《ほころ》ばせた男が、ようやく灼熱《しゃくねつ》の塊と化したそこを握る。

たったそれだけのことに下腹の奥がカッと熱くなり、せつなく疼《うず》いた。

「ん……ぁあ」

甘い吐息を吐き、細い指先でシーツを手繰り寄せ、淫らに腰を揺らめかせる。

手早く扱《しご》いてもらえたら、それで達せそうなほどそこは硬く張り詰めていた。

「一度、出すか？」

耳元で囁いた男が、背中越しに抱きしめてくる。

尻に男の屹立《きつりつ》が触れた途端、秘孔《ひこう》まで疼かせていた理央は身震いした。しかし、男はまだ自らを使おうとはしなかった。

前に回した手で緩やかに理央自身を扱き始める。さらには、空《あ》いた手で硬く凝《しこ》った乳首を撫で、首や肩にくちづけを落としていく。

まるで恋人を抱いているかのように、丁寧で甘い愛撫を続けられ、理央は愛されているような錯覚を起こす。

「はぁ……あぁぁ……んふ……」

触れられているすべての場所から快感が湧き上がり、四肢《しし》を震わせながら身悶えた。

性欲は人並みにあるものの、失恋で痛手を負った理央は恋愛恐怖症に陥り、ここ一年ほどセックスから遠ざかっている。

週に二、三度の割合で自慰《じい》をしているが、それは溜まった欲望を吐き出す処理行為にしかすぎず、セックスで得られるような悦《よろこ》びはない。

男に飢えていたわけではないとはいえ、久しぶりに己自身に触れる他人の手は、予想を遙《はる》かに上回る心地よさがあった。

「あっ……や……」

蜜を溢れさせる鈴口《すずぐち》に指先を押し込んできた男に、敏感な内側の肉を擦《こす》られた理央は、まるでそこから電流を流されたような衝撃を受ける。

「ダメ……そんな……」

仰《の》け反らせた身体を激しく震わせるが、男の愛撫は止まらない。

内側を擦られるたびに強烈な快感が脳天まで駆け上がり、なにもかもを漏らしてしまいそうな感覚に襲われる。

限界が間近に迫っているのは確かなのだが、あまりにも強すぎる快感に吐精《とせい》すらままならず、悦びと同時に達せない苦痛を味わう。

「いやだ……強くしないで……」

鈴口ばかりを執拗に責められて泣き声をあげた理央は、己自身を弄ぶ男の手を咄嗟に押さえる。

「ここを弄《いじ》られるのは嫌いか？」

「強すぎ……る……」

肩にあごを乗せて訊ねてきた男は余裕綽々《しゃくしゃく》だが、吐精できない苦しさから理央は息が荒くなっていた。

「わかった、では優しくしてあげよう」

股間から手を離した男に仰向けにされ、大きく脚を開かされる。

肩を激しく動かしながら見上げると、脚のあいだで膝立ちになった男が、美しい菫色の瞳で見つめてきた。

愛《いと》おしむような優しい瞳を目にした理央は、急な恥ずかしさに囚《とら》われ両手で顔を覆う。

シャワーを浴びて全裸でベッドに入り、すぐに男と抱き合った。セックスをするという目的で来ているせいか、これっぽっちの羞恥《しゅうち》も感じないでいた。

それが今になってどうしてしまったのかと、自分でも不思議になるが、男の熱い眼差しがいたたまれなくなった。

「綺麗な手をしている」

顔を覆う両手をそっと握り取った男が、手のひらに唇を押しつけてくる。

菫色の瞳で熱く見つめられ、手にくちづけられ、身体の熱がどんどん高まっていく。

それと同時に、限界間近の中心部分が浅ましくも激しく揺れ動き、なだらかな下腹に蜜《みつ》が滴《したた》り落ちた。

「早くして」

照れ隠しに催促をすると、男は目を細めて再び手のひらにくちづける。

「わかっているよ」

腿の裏側に手を添えた男に、両の膝をシーツに押しつけられた。

尻が浮き上がって秘孔《ひこう》を晒す淫らな格好にハッと息を呑んだが、そのまま灼熱の塊を咥《くわ》えられ身体から力が抜ける。

「あああぁ」

久しぶりに味わう口淫《こういん》に、理央はあごを上げて目を閉じると、股間から湧き上がる甘い快感に浸った。

温かい口内、まとわりつく唾液、絡みつく舌のどれもが、うっとりするほど心地いい。窄《すぼ》めた唇で根元からくびれにかけて扱《しご》き上げられると、頭の芯まで痺《しび》れてくる。

灼熱の塊を一定のリズムできつく擦られ、下腹の奥で渦巻いていた射精感を我慢できなくなった理央は、股間で揺れる柔らかなブロンドに指を絡ませた。

「イキそう……出る……もっ」

男の頭を押さえながら腰を激しく揺らし、頂点を目指していく。

長らく自慰でしか達していないせいか、口淫によって与えられる強烈な快感に呆気なく屈する。

「うう……ん」

男の頭を掴んだまま極まりの声をもらした理央は、肩をグッと窄めて精を男の口内に解き放つ。

これほどまでに気持ちがいい吐精を味わったことがなく、柔らかなベッドに脱力した身体を預けると、そのまま沈み込んでいきそうだった。

「はぁ……」

理央は一度の射精ですでにぐったりしたが、当然のことながら男がそれで満足するはずもなく、すぐに次の行為へと移る。

「可愛い声を聞かせてくれたご褒美《ほうび》に、もっと気持ちよくしてあげよう」

身体を重ねてきた男は甘い声音で囁くと、口淫の際に股間を伝い落ちた唾液で濡れた尻のあいだに指を入れてきた。

「んっ」

秘孔を指の先で押された理央が、小さな圧迫感に細い肩を浮かせると、背の下に片腕を滑り込ませてきた男に抱き寄せられる。

「私の腰に足をかけてごらん」

男から促《うなが》された理央は、力の入らない足を自らの手で持ち上げて彼の腰に絡める。

「いい子だ」

髪にキスをした男が、いくらか開いた尻のあいだに改めて指を差し入れてきた。

先ほどは、ここを使うという合図でも送ってくるかのように、指先で軽くトントンと秘孔を叩いただけだったが、今度はあきらかな意図を持って緩やかに円を描き出す。

そこは男を欲してあさましく疼いていたうえに、唾液に濡れそぼっている。しかし、しばらくセックスとは無縁の生活を送ってきたせいか、容易には指先を飲み込まなかった。

「んんっ……」

柔襞を擦りながら少しずつ奥を目指す指の感覚に、理央は思わず眉根を寄せる。

悲鳴をあげるほどの痛みがあるわけではないが、指で秘孔を押し広げられる圧迫感は心地いいとは言い難かった。

「なかなか締まりがいいようだ」

男は窮屈《きゅうくつ》さを楽しむように、半分ほど挿入した指を抜き差しし始める。

下腹にあたっている男自身は硬く張り詰めたままだ。さぞかし気が急《せ》いていることだろうが、強引にコトを進めるような真似をしない。

名前をすら知らない行きずりの相手を抱くだけだというのに、このうえなく優しい扱いをされている理央はますます男とのセックスに溺れていく。

ゆっくりと出し入れされる指によって徐々に窄まりが解《ほぐ》され、いつしか丸々一本を飲み込むほどまでになる。

圧迫感がより強くなったが、秘孔が充分に緩《ゆる》められたことによって、柔襞を擦られる感覚が心地よくなっていた。

「もう挿《い》れて……」

指よりも太いものを欲するあまり顔を上げてせがんだ理央は、和《やわ》らいだ笑みを浮かべた男から愛しげに見つめられる。

なぜそんなふうに見つめてくるのだろうかと不思議に思っていると、男が不意に差し入れていた指を引き抜いて身体を起こした。

「本当に君はせっかちだな」

そう言って笑った男は、ヘッドボードに枕を集めてそこに寄りかかり、呆然と見ている理央に足を跨ぐよう手振りで示してきた。

「自分で挿れてごらん」

恥じらう年齢でもなく、一夜限りの遊びなのだと割り切っている理央は、躊躇《ためら》うことなく男に従って膝立ちになると、屹立《きつりつ》が真下になるよう位置を調節した。

「私に掴まるといい」

理央の手を取って自分の肩に置いた男は、次に自らの屹立を握る。

しかし、己自身を支える以外はいっさい手を貸すつもりがないのか、男は黙ってこちらを見つめてきた。

男の肩に掴まった理央は、膝立ちのまま後ろに手を回して尻を左右に割り、男の屹立を目指して腰をゆっくり落としていく。

「んっ」

先端部分が秘孔に触れた瞬間、小さな声をもらしてしまったが、息を吐き出しながらさらに尻を落とす。

硬く張り詰めた先端が柔襞を割って入り込むと、ただならない圧迫感に息が詰まり、身体が前に傾いた。

「きついか？」

手を伸ばしてきた男に、項垂《うなだ》れていた理央は頬を捕らえられる。

心配げな顔をしている男に大丈夫と首を小さく振って見せ、改めて息を吐きながら体重をかけていくが、久しぶりの行為は生易しくない。

早く男を受け入れたい思いがありながらも、増していくいっぽうの圧迫感に動きが止まりがちになった。

すると、頬から首伝いに胸へと手を落とした男が、胸の小さな突起を摘《つま》んだ。

「ぁん」

ツキンとした痛みとも快感ともつかない感覚に身震いする。

男はさらに指先を肌に沿わせて臍《へそ》の下へと移すと、柔らかな繁《しげ》みを弄んだ。

達したばかりですっかり縮こまっている中心部分が、ときおり男の手のひらで擦られ、下腹のあたりがムズムズし始める。

「触って……」

理央が思わず口走ると、フッと頬を緩めた男が萎《な》えたそれを手のひらに載せた。

重さを量るかのように何度か手を上下させ、それから指を一本ずつ折っていく。

「んふっ」

キュッと握られた瞬間、背筋がザワッとして膝の力が抜けた。

その拍子に尻が落ち、先端部分だけを飲み込んでいた男自身がズズッと入ってきた。

「んん――」

不意に奥深くを貫《つらぬ》かれる格好となった理央は、男の首に両手を絡めてしがみつく。

尻が裂けてしまいそうなほど窮屈ではあるが、久しぶりに内側で感じる熱に全身がざわめき立つ。

このあと、どうすれば自分がもう一度、気持ちよくなれるかを理央は知っている。

しかし、しがみついたまま腰を上下させるより早く、両手で尻を掴んできた男が抽挿《ちゅうそう》を始めた。

「あうっ」

いきなり最奥を突き上げられた理央は、唇を噛んで仰け反る。

「あぁ」

今度は立て続けに奥を突かれ、髪が乱れるほど激しく頭を振った。

快感の源《みなもと》とも呼べるポイントを把握している男は、確実にそこを突いてくる。

突かれるたびに手足の先までが痺れるような快感が走り抜け、縮こまっていた中心部分がにわかに頭をもたげた。

「やっ……やっ」

一方的に責め立てられる理央は、途切れることがない強烈な快感に打ち震える。一気に汗が噴き出し、白く滑らかな肌が艶やかに濡れた。

髪を振り乱し、嬌声《きょうせい》をあげながら自らも腰を揺らす。激しい動きに合わせ、すっかり勃ち上がった理央自身が男の腹をピタピタと打ち鳴らす。

刺激を受けたそれはますます硬度を増し、先端から蜜を溢れさせる。快感の源を突き上げられる悦びと、蜜に濡れた先端が男の腹を打つ心地よさに、理央は我を忘れて乱れた。

「そんなに締めつけるな、私を食《く》いちぎるつもりか？」

抽挿を繰り返しながら楽しげな声をあげた男が、両の腕でしっかりと抱きしめてくる。

理央は男の肩口に額を預け、全身をくまなく満たしていく快感だけに意識を集めた。

「もっと……もっと突いて……奥まで強く……」

自ら求め、自ら腰を揺らめかす。

「綺麗な顔をしているのに淫らなところがたまらない」

男の笑い声に耳をくすぐられ、肩を窄《すぼ》めてブルッと身震いした。

見ず知らずの相手との愛の欠片《かけら》もないセックスではあるが、火がついた身体は貪欲《どんよく》に快感を求める。

相手が誰であるかを知らないからこそ、恥も外聞もなく乱れることができる理央は、二度目の絶頂へと導いてくれる男にひしとしがみつき、夢中で腰の動きを合わせていた。

2

昨晩、理央が男の部屋を出たのは深夜の一時過ぎだった。仲間と酒を飲んで盛り上がれば、同じような帰宅時間になることも珍しくなく、睡眠も充分に取れた。

久しぶりに激しいセックスをした翌日とあってか、寝起きはさすがに身体のあちらこちらが痛んだ。

それ自体は心地よい疼きで辛くはなかったが、行きずりの相手に身を任せてしまったことから、激しい後悔の念に襲われた。

かつて愛した男に似ているからと、フラフラついていってしまった未練がましさや、名も知らぬ男とのセックスに溺れた自分にほとほと呆れた。

満たされたのは性的欲求だけであり、もう二度と馬鹿な真似はしないと心に誓った。

気を取り直して軽い朝食をひとりで取り、いつもと変わらない時刻に出勤し、そして、昨晩の出来事を頭から消し去り仕事に専念している。

理央は〈クイーンズ・コンチネンタル・銀座〉内にある、ホテル直営のサロン〈スパ・ソレイル〉で、一年前からボディケアスタッフとして働き始めた。

サロンには十名のエステティシャンが在籍しているが、店長の桃井《ももい》アカネを筆頭に理央以外は全員が女性スタッフだ。

業界内でも男性のエステティシャンはきわめて数が少ない。利用者の大半が女性であることを考えれば当然ともいえるが、理央は迷うことなくこの世界に入った。

エステサロンを全国規模で展開する理央の母親は、〈魔法の指を持つ女神〉と呼ばれる名うてのエステティシャンであり、現在も著名人や芸能人から絶大な人気を得ている。

幼いころから母親が働く姿を目《ま》の当たりにしてきた理央は、女性の美に対する飽《あ》くことなき欲求に興味を抱き、同じ美容の世界に進もうと考えた。

エステティシャンになりたいと母親に伝えたところ、先にカイロプラクティックを学んではどうかと勧められた。

高校卒業後、アメリカの専門大学に留学して職業資格を取得し、エステティックの本場であるフランスへ渡ってマッサージの手法を学んだ。

そのころにはすでに人体の魅力に取りつかれていた。美を追究する女性の願いを叶《かな》えるというよりは、人間の身体を根本から整えたいと思うようになっていた。

アメリカではカイロプラクティック、フランスではエステティックの技術を身に付け、さて帰国しようかというとき、スイスの高級ホテルからサロンで働いてみないかと声をかけられた。

温泉療養施設を備えたホテルのサロンは、働きながら技術を高めるには最適な場所であり、急遽《きゅうきょ》、帰国を取りやめスイスに渡った。

ホテルにはヨーロッパ各地から富裕層が療養に訪れた。金に糸目をつけない彼らをもてなすホテルのサロンは設備が素晴らしく、仕事に対する意欲を掻き立てられた理央は、そこで二年ほど働き帰国の途に着いた。

当初の契約が二年間だったわけではなく、帰国を決めた際にはホテル側から引き留められもした。

それでも、あえて日本に戻る決心をしたのは、スイスでの失恋が大きく影響している。情けないことに、自分をふった男はすでにスイスにはいないというのに、そこに留まっていたのでは失恋の痛手から立ち直れそうになかったのだ。

スイスで技術の高さに評判があった理央は、帰国後すぐに現在の職場から声がかかり、間を置くことなく働き始めた。

男性ということもあってか、当初は女性客から敬遠《けいえん》されがちだったが、最近はそんなこともなくなっている。

そればかりか、ボディトリートメントを希望する男性客からは、ことのほか理央は高く評価され、すぐに指名率トップの桃井《ももい》に並んだ。

「理央ちゃん、そろそろ次のお客様の時間よ」

桃井から声をかけられ、支度を調え終えたところだった理央は笑顔で振り返る。

三十二歳になる桃井は、五年前にホテルがサロンをオープンするにあたり、店長として他社から引き抜かれた腕利きのエステティシャンだ。

「はい、これから向かいます」

「ミスター・ジェンソン・ネイヴィルは超ＶＩＰだから、粗相《そそう》のないようにね」

正面に立った桃井は、理央が着ている制服に手を伸ばしてくると、裾を摘んで軽く引っ張った。

サロンの制服は、丸首の襟と半袖にココア色のラインが入った白いカットソーと、ココア色の膝丈スカートの組み合わせだ。

だが、唯一の男性スタッフである理央は、カットソーの丈《たけ》が女性用に比べて少し長く、ココア色のパンツを合わせている。

「これでよし、と」

これといって乱れたところがない制服をあえて整えた桃井は、最後に額《ひたい》にかかる理央の前髪をかき上げて満足したのか、ポンと肩を叩いて促してきた。

「行ってきます」

元気な声をあげた理央は、施術《せじゅつ》に必要な道具を入れた籐製《とうせい》の大きなトランクを手に、慌ただしくサロンを出ていった。

しかし、元気だったのはそこまでのことで、廊下を歩き出した途端に肩を落として顔を曇らせた。

サロンは予約さえ取れれば一般客でも利用できるが、メインとなるのはやはり宿泊客であり、最近では宿泊とエステをセットにしたプランが女性に人気だ。

基本的にすべての施術がサロンで行われる。ただし、ＶＩＰの場合はスタッフが客室まで出向くこともあった。

今日は、ロイヤルスイートに宿泊している外国人の男性客から指名を受けた。知り合いから紹介されたとのことで、初めてサロンを利用する客だ。

最近の理央は、もっぱら男性のボディケアを担当しているだけでなく、英語が堪能《たんのう》なこともあり外国人客からの指名が多い。

スイートルームに泊まる外国人男性からの指名は、ことさら珍しくもないのだが、今日に限っては胸騒ぎがした。

　受付スタッフから伝えられたルームナンバーが、昨晩、男に誘われるまま訪れた部屋と同じだったのだ。

　名も知らぬ一夜限りの相手だった男が、自分を待っている可能性があり、ロイヤルスイートが近づくにつれて足の動きが鈍《にぶ》っていく。

　しかし、いまさら後戻りができるわけもなく、深夜にひとり後にした部屋の前まで来た理央は、一度、大きく息を吐き出してからインターホンを鳴らした。

　間もなくして目の前のドアが静かに開き、案の定、昨晩、身体を重ねた男が顔を覗かせてくる。

　インターホンを鳴らす前の理央は、わずかな期待を胸に秘めていた。昨晩の男はすでにチェックアウトをしていて、サロンに予約を入れてきたのは別の外国人男性ではないかと考えたのだ。

　期待は無残にも打ち砕かれたが、ここは仕事に徹するしかなく、理央は取り繕《つくろ》った笑みを浮かべる。

「本日はご予約をいただき、誠にありがとうございます。〈スパ・ソレイル〉より参りましたリオ・ミクボです」

理央はあえて英語で話しかけ、深々と頭を下げた。

バスローブを羽織《はお》り、ルームシューズを履いた男は、さぞかし驚きが大きかったのだろう、ドアを片手で支えたまま大きく目を見開いている。

「お部屋に入ってよろしいでしょうか？」

「ああ……」

呆然としていた男が、慌てたようにドアを大きく開き、部屋の中に迎え入れてくれた。

理央は足を踏み入れた途端に昨晩の出来事を思い出し、とてつもない恥ずかしさに襲われる。

「なんという偶然だ」

日本語でつぶやきながら先にリビングルームへと向った男が、何度も理央を振り返ってきた。

すでに驚きが消えた顔には喜びが溢れている。別れ際に名前を訊ねても、頑《がん》として答えなかった相手と翌日には再会できたのだから嬉しくて当然だろう。

しかし、二度と会うつもりがないからこそ、恥じらいを捨てて淫らなセックスに溺れた理央は、こうした形での再会を胸の内で嘆《なげ》いている。

「どちらのお部屋を使われますか？」

早く仕事を終わらせたい理央が訊ねると、長椅子にゆったりと腰かけた男に、そう急ぐなと言いたげに手招かれた。

客に逆らえるわけもなく、渋々《しぶしぶ》ながら歩み寄っていくと、彼は長椅子をポンポンと叩いて隣に座るよう促してきた。

理央は持っていた籐製のトランクを床に下ろし、長椅子の端にちょこんと腰かける。

「リオ、私はジェンソン・ネイヴィルだ、ジェイと呼んでくれ」

昨晩と変わらない柔らかな笑みを浮かべ、自ら名乗ったネイヴィルが片手を差し出してきた。

外国人がファーストネームで呼びかけてくるのは親愛の証《あかし》であり、彼らにとって握手は日常的な挨拶だ。

海外で長く暮らしてきた理央は、普段であればどちらも気にしないが、名前を呼ばれたことに違和感を覚え、彼の手を握り返すことに躊躇いを感じる。

とはいえ、握手を拒《こば》むなどもってのほかであり、差し出された手を軽く握り返した。

「どうしたらもう一度、君と会えるだろうかと、それればかりを考えていたんだ」

握手を終えた彼は長い脚を組み、さりげなくバスローブの合わせを整えると、菫色の瞳で見つめてきた。

一夜限りの遊びのつもりで誘ってきたくせに、なにを言っているのだろうかと思うと同時に、見つめられて鼓動が速くなった理央は、彼を直視できずに視線を落とす。

しかし、今度は菫色の瞳に捕らえられ、幾度となく身体を熱くした昨晩のことが、まざまざと脳裡《のうり》に浮かび上がってきた。

「ミスター……」

「ジェイでかまわない。それから、なにか決まりごとがあるのでなければ、日本語で話してくれないか？」

「はい、承知いたしました」

理央はしかたなく日本語に切り替え、改めてネイヴィルに話しかける。

「お時間に制限がございますので、そろそろベッドを調えたいのですが、どちらの寝室をお使いになりますか？」

丁重《ていちょう》に伺いを立てると、ネイヴィルがメインベッドルームへと目を向けた。

このロイヤルスイートには広いリビングルームの他に、三つの寝室が用意されている。

リビングルームから続くメインの出入り口以外に、それぞれの寝室にも廊下に出られるドアがついており、独立したひとつの部屋として使用できるような造りになっていた。

彼が示してきたのは、昨晩、二人で痴態《ちたい》の限りを尽くしたベッドがあるメインベッドルームだ。

できれば、別のベッドを使って施術したかったが、そうも言えない理央は長椅子から立ち上がってトランクを手に取ると、一礼してその場をあとにした。

ドアを開け放してある寝室に入り、トランクを床に下ろしてベッドに歩み寄る。

綺麗に整えられているベッドには昨晩の名残は微塵《みじん》もなく、今の理央にはそれがせめてもの救いに思えた。

カバーと上掛けを折り畳んで足下の長椅子に置き、持参したビニールシートをベッドの上に広げ、その上に厚手のタオルケットを敷き、バスタオルで枕をくるむ。

さらに、ボディトリートメントに使用するオイル、ローションなどをサイドテーブルの上に並べた。

「用意はできたかな？」

突然、ネイヴィルから声をかけられ、ドアのそばまで来ていたことに気づかなかった理央は、息を呑んで振り返る。

「は、はい……どうぞこちらへ」

慌てて平静を取り繕って案内すると、ネイヴィルはバスローブの紐を解きながらベッドに歩み寄ってきた。

「その美しい手でマッサージをしてもらえるとは嬉しいかぎりだ」

にこやかに言った彼がバスローブを脱ぎ捨て、一糸《いっし》まとわぬ姿になる。

本人に裸体を見せつけるつもりがあるのかどうかは不明だが、ベッドの脇に立ったままこちらを見つめてきた。

多くの男性客は同性である安心感からか、躊躇うことなく全裸になるが、理央はことさら意識したことがない。

それが、今は意識せずにはいられない。すべての意識が彼の裸体に向かってしまう。

広い胸に抱き込まれ、甘い愛撫に身を震わせ続けた。自ら彼を跨《また》いで灼熱の楔《くさび》を受け入れ、久しぶりの快楽に酔いしれた。

彼からは悦びしか与えられなかった。身も心も蕩けていくような感覚を、もう一度、味わいたくなる。

（しっかりしろ！）

脳裡を過ぎった邪な思いを慌てて払いのけた理央は、ネイヴィルの裸体から目を逸《そ》らすために、彼が脱ぎ捨てたバスローブを拾い上げ、長椅子に置いたカバーの上に載せる。

「俯《うつぶ》せでお願いします」

「よろしく頼むよ」

ベッドに上がって俯せになったネイヴィルは、抱え込んだ枕に横向きで頭を預けると、静かに目を閉じた。

目を合わせなくてすむようになり、ようやく安堵《あんど》した理央は彼の腰を大判のバスタオルで覆い、サイドテーブルからオイルの瓶を取り上げる。

トリートメントに使用するオイルは数十種類用意してあり、客が好みのものを選べるようになっている。

しかし、ネイヴィルからはこれといった希望が出なかったため、理央は多くの外国人男性が好むアーモンドオイルを用意してきた。

「失礼します」

手のひらにたっぷりと垂《た》らしたオイルを両手を合わせて充分に温め、肩から広い背中へと塗り広げていく。

男性向けのボディトリートメントメニューは一種類しかなく、天然オイルを使用して全身をマッサージを行う。

〈スパ・ソレイル〉では、西洋式マッサージに東洋のツボ押しを取り入れたトリートメントが売りなのだが、各国でさまざまな技術を取得してきた理央は、それらのすべて独自に融合させた手法を取った。

指先で筋肉のつき具合を確かめながらオイルを塗り広げていくと、ほのかに甘く芳《こう》ばしいアーモンドの香りが立ちこめてくる。

滑らかな白い肌のところどころが薄紅色に染まっている。それが生まれつきの痣《あざ》ではなく、昨晩の自分が爪を立てた痕《あと》であることに気づいた理央は、ハッとして手を止めた。

「どうかしたか?」

目を開けたネイヴィルが見上げてくる。

「いえ、痛いようでしたら仰《おっしゃ》ってください」

「リオの指は心地よすぎるくらいだ。マッサージが終わるころには、昨夜の疲れなどすっかり取れているだろう」

そう言って彼は目を閉じてしまったが、暗に激しいセックスだったと言われた気がした理央は顔を真っ赤にした。

自分でも驚くほど奔放《ほんぽう》に振る舞い、乱れに乱れた自覚があるからこそ、それを思い出させるような言葉を向けられると、仕事に集中するどころではなくなる。

（なにも考えるな）

自らに言い聞かせ、肌に触れている指に意識を集める。

軽い圧力を加えながら背骨に沿って親指を往復させ、続けて肩胛骨《けんこうこつ》の周りを指圧し始めると、静かな寝息が聞こえてきた。

どうやらネイヴィルは、肌への優しい刺激に眠りへと誘われたようだ。

(よかった……)

彼が寝てしまったことでようやくいつもの自分を取り戻せた理央は、小さく深呼吸をしてからマッサージを再開させた。

視線を合わせることもなく、言葉を交わすこともなければ、施術を行っている相手が昨晩の男であるのを意識しないですむ。

そうして、いつしか自分の世界に入り込んだ理央は、時間をかけ首から肩、さらには腕までを丁寧にマッサージしていった。

横向きで枕に頭を預けたままのネイヴィルは、どうやら本格的に眠ってしまったのか、気持ちよさそうな顔で寝息を立てている。

一通りのマッサージを終えた理央は、保温容器に入れてきた蒸しタオルを取り出し、オイルに濡れた肌を優しく拭っていく。

拭き取りが終えると、今度はサロン特製のローションを手に取り、ほんのりと温まっている肌に染み込ませるように軽くパッティングしていった。

「ふぅ……」

ボディトリートメントを終えた理央は、ひと息つきながら施術前より血色がよくなったネイヴィルの肌を見つめる。

広い背中をしみじみと見ているうちに、昨晩の出来事を思い出してしまい、急に気まずくなった。

一刻も早くこの部屋から出たいのだが、それにはネイヴィルを起こす必要がある。

顔を合わせたくない思いがあっても、寝ているあいだに帰るわけにいかない理央は、しかたなく彼の耳元に顔に寄せた。

「ジェイ……」

呼びかけるや否《いな》や、ネイヴィルがパッと目を開ける。

近距離で菫色の瞳と目が合い、ドキッとした理央は思わず飛び退いた。

「ああ、気持ちがよかった……」

寝返りを打って起き上がった彼が、無造作に落ちた前髪を指先でかき上げる。

「お疲れさまです。ハーブティーをご用意してまいりましたので、ソファでお待ちいただけますか？」

深く頭を下げた理央が促すと、ネイヴィルは腰を覆っているバスタオルを外してベッドを下り、長椅子からバスローブを取り上げて羽織った。

大きく伸びをしながら寝室を出て行く彼のあとを、理央は携帯用のステンレスボトルとティーカップのセットを入れたバスケットを持って追う。

「リオのマッサージは素晴らしいな。短い時間だったがぐっすり眠ってしまったよ」

そう言いながらリビングルームの長椅子に腰かけたネイヴィルが、目の前に立った理央を真っ直ぐに見上げてくる。

すっきりとした顔をしている彼の言葉に嘘はないのだろう。客に喜ばれるのはなによりも嬉しいのだが、相手がネイヴィルともなると複雑な気分になる。

しかし、〈スパ・ソレイル〉のスタッフとして失礼があってはならない理央は、心なしか硬くなっている顔に無理やり笑みを作り上げた。

「ありがとうございます」

礼を言ってテーブルの前に跪《ひざまず》き、最後のもてなしであるハーブティーの用意をする。

ティーカップを載せたソーサーをテーブルに置き、ステンレスボトルの栓《せん》を開けて注いでいく。

客の好みに合わせたハーブティを提供しているが、こちらに関してもこれといった希望が彼から出されなかったため、清涼感のあるミントと香り高いレモンバームをブレンドして淹《い》れてきた。

「どうぞ」

両手でソーサーを持った理央が勧めると、ネイヴィルは軽くうなずいて受け取り、カップを鼻に近づける。

「いい香りだ」

彼はまず匂《にお》いを味わい、そして一口啜《すす》った。

長椅子の背にゆったりと寄りかかって脚を組み、ソーサーを持ったままカップの華奢な持ち手を摘んでいる彼は、欧州の映画に登場する貴族ように優雅だ。

「失礼して後片付けを……」

立ち上がった理央は、急ぎ寝室に向かう。

サイドテーブルに出したオイル類、ベッドに敷き詰めたビニールシートなどをトランクに詰めていく。

さっさと片付けて部屋を出たいところが、ネイヴィルがハーブティーを飲み終わるまでは帰れない。かといって、彼と世間話をしたくない理央は、寝室で時間稼ぎをする。

上掛けとベッドカバーを元通りに広げてことさら丁寧に整え、手落ちがないかどうかを立ったまま眺めて確かめる。

「そろそろ、いいかな？」

後片付けにたっぷり時間をかけた理央は、トランクを持って寝室を出た。

リビングルームではネイヴィルがくつろいだ様子で新聞を広げている。ハーブティーは飲み終えたのか、ティーカップが遠ざけてあった。

「おかわりなさいますか？」

念のために訊ねてみたが、彼は軽く首を横に振った。

ティーセットをバスケットにしまい、トランクに詰めてしまえば、あとは部屋を出るだけとなる理央は、テーブルの前に跪いて片付け始めた。

「リオ」

新聞を畳んで脇に置いたネイヴィルから呼びかけられ、跪いたまま顔を上げて彼に目を向ける。

「昨晩の君は本当に素敵だった。これからも私と会ってくれないか？」

「申し訳ありません、昨晩はお客様とは知らずにおりましたので……」

「たまたま君のサロンを利用しただけではないか？　それとも、リオの職場には客と付き合ってはいけないという規則でもあるのか？」

遮って続けたネイヴィルは、不思議そうに首を傾げた。

客との接触を禁止した明確な規則はない。親しくなった客と営業時間外に会って食事をしたり、意気投合して海外旅行するスタッフもいた。

「そういった規則はありません」

客に対して嘘をつけない理央が正直に答えると、ネイヴィルが満足そうに笑顔でうなずいた。

「ならば、私とリオが付き合うことに問題はないのだな」

「そうですが、僕は……」

付き合うことを前提にして話をしているのが気に入らないが、客を相手に強くは言い返せなかった。

ネイヴィルはホテルのバーで見ず知らずの相手を誘惑してくるような男であり、彼が言う付き合いは肉体関係を指しているとしか思えない。

確かに昨晩は彼の誘いに乗ったが、それは、かつて愛した男に似ていたからであり、未練を残している身体の疼きを抑え込めなかったからだ。

その理由を知らないというのに、気軽にセックスに応じる男だと思われるのは心外でもある。

相手をするのが馬鹿らしくなった理央は、テーブルの上を片付け終えると、その場に立ち上がった。

「君のように素晴らしい男性と巡り会えたのが、今も信じられない。君も昨夜はずいぶん楽しんでいたようだし、相性のよさは立証されているのだから、もちろんこれからも私と会ってくれるね？」

真っ直ぐに菫色の瞳で見上げてくるネイヴィルは、断られるとは微塵も思っていないようだ。

口説き方が手慣れているばかりか、紳士的な態度の中に傲慢さが垣間《かいま》見える彼に、かつての男が重なって見える。

スイスで出会い、恋に堕《お》ちた相手は、休暇を兼ねた静養でホテルを訪れてきていた、貴族の血を受け継ぐフランス人の男だった。

男に甘い声音で日ごと夜ごとに愛を囁かれた理央は、瞬《また》く間に虜《とりこ》になり溺れていった。

それは、寝ても覚めても彼のことしか考えられなくなるほどだった。

恋愛をする間も惜しんで勉強してきた理央にとって、生まれて初めての本当の恋だ。

キスはもちろんのこと、セックスも一から男に教えられた。

彼と過ごす時間は至福《しふく》のひとときであり、男も自分を愛してくれていると信じて疑わなかった。

しかし、永遠に続くと思われた蕩《とろ》けるほどに甘い蜜月は、男が帰国する際に口にした

「楽しいバカンスだった」の一言で終わりを告げた。

外国から訪れていた男にとって、自分は休暇中の退屈を紛《まぎ》らわせるための遊び相手にしか過ぎなかった。

そう気がつかされた瞬間、いいように弄《もてあそ》ばれた怒りよりも、愛されていなかったことに対する悲しみが湧き上がった。

本気で好きだったからこそ失恋の痛手は大きく、立ち直れないままスイスから意に沿わない帰国をした。

瞳の色こそ違うが、外見がよく似たネイヴィルは、あの男と同じように自分を遊び相手として見ている。

彼がどこの国の出身かすら知らないが、ホテルに滞在しているからにはいずれ帰国の途《と》に着くはずだ。

日本に滞在しているあいだだけ、セックスの相手をしてくれと言っているようなものであり、理央はなによりもそれが気に入らなかった。

「セックスの相手をお探しでしたら、専門の業者にあたることをお勧めします。僕はそうした男ではありませんので」

冷たく言い放ち、トランクを取り上げる。

「本日はありがとうございました」

納得のいかない顔をしているネイヴィルに深く頭を下げ、目も合わさずにクルリと背を向けた理央は、足早にロイヤルスイートをあとにした。

「リオ?」

「はぁ……」

ドアを閉めるなり大きなため息をもらし、ガックリと項垂れる。

派手な外見をしているのは自他共に認めるところなのだが、実際の理央は恋愛経験が乏《とぼ》しく、ことさら遊んでいるふうを装ったこともない。

それだけに、気安い相手と思われることに納得がいかず、そう見られてしまうことが悲しくなる。

酒が入っていたとはいえ、誘われるまま部屋についていくような真似をしなければ、嫌な思いをしないですんだのにと、昨晩の行《おこな》いを今朝以上に悔《く》やむ。

「まっ、あれだけきつく言えば、もう指名してくることもないよな……」

二度とネイヴィルに会わなければ、いずれ彼のことも、嫌な思いをしたことも忘れてしまうだろう。

「次のお客様が待ってる」

声を出して頭を切り換えた理央は、静まり返った廊下をゆっくりと歩き出した。

3

完全予約制を取っているサロンにも、たまに飛び込みの客がある。

もちろん、それが許されるのは賓客《ひんきゃく》に限られるのだが、今日ばかりは理央もその優遇システムを恨めしく思った。

「二時から休憩でしょう？　あとで私が休憩に入れるように調整するから、理央ちゃんお願い、指名を受けて」

桃井に拝《おが》みながら頼まれた理央は、小さなため息をもらす。

当日になってネイヴィルが指名してきたのだ。昨日の今日だけに引き受けたくない思いが強くある。

しかし、ロイヤルスイートの客はＶＩＰ待遇《たいぐう》であり、ホテル直営という立場にあるサロンとしては、どういった要望であっても応えなければならない。

「わかりました」

理央が渋々ながら引き受けると、桃井が安堵の笑みを浮かべた。

「恩に着るわ。今度、ランチご馳走《ちそう》するから」

彼女は笑顔でそう言うと、理央の肩を軽く叩いてその場を離れていく。

しかたなく引き受けたとはいえ、ネイヴィルの部屋を訪ねたくない理央は、出張サービスの準備をする気にすらならない。

互いに名乗り合うこともなく身体を重ねたのは、それきりで終わる関係と暗黙の了解があったからだ。

しかし、奇《く》しくも再会したネイヴィルは、これ幸《さいわ》いとばかりに関係を継続させようとしてきた。

今日になっていきなり指名してきたのは、彼が諦めていないからだと考えられる。

昨日、足蹴《あしげ》にされただけでなく、自分の立場が上であることを承知しているであろう彼は、有無《うむ》を言わさず関係を迫ってくる可能性があった。

「やだな……」

気が進まないながらも、引き受けたからには彼の部屋に行くしかない理央は、重苦しい空気を漂わせつつ支度に取りかかる。

ハーブティーを淹れてステンレスボトルに移し、ティーセットとともに専用のバスケットに入れてから籐製のトランクに詰めた。

さらにはオイルやローションなどを詰め、トランクを持ってリネン室に向かった。

リネン室は三方の壁がすべて棚になっている。クリーニングしてきっちりと折りたたまれたタオルやシーツが、棚に整然と並べられていた。

出張サービスに必要なタオル類をトランクに詰めていると、同僚の達川久美子《たつかわくみこ》が隣に並んできた。

「理央ちゃん、ネイヴィル氏からまた指名されたんですって?」

顔を覗き込んできた達川は、どこか羨《うらや》ましげに理央を見てくる。

彼女は同時期に入社しただけでなく、年齢も同じだったことからすぐに仲良くなった。

一年目にして指名率がトップの桃井に並んだ理央とは異なり、達川はまだ指名をされたことがない。

理央の人気が異例であるのは間違いないとはいえ、同期で同年齢の彼女が羨ましく思うのは当然だ。

しかし、おっとりとした性格の達川は、理央をライバル視することもなく、彼女との関係がギクシャクするような事態には陥っていなかった。

「英語が得意だからお客さまも安心なんじゃないかな」

ネイヴィルが指名してきた理由を伝えられるわけもなく、思いついた言い訳を口にした理央は、横目で時間を確認しつつ出かける準備を進める。

「ネイヴィル氏が〈マダム・バタフライ〉の社長だって知ってる?」

「なにそれ?」

初耳だった理央が首を傾げると、達川はクルッと向きを変えて棚に寄りかかった。

「オーストリアに本店があるジュエリー会社よ。世界中に支店があって、近々、日本にも進出してくるらしいの」

「へぇ……」

「三十五歳、独身、ウィーンとパリとニューヨークに家があって、自家用ジェットで世界を飛び回ってるんだって」

あまりにも達川が詳しく知っていることに驚き、理央は思わず笑ってしまった。

「よく調べたね?」

「昨日買った雑誌にちょうど彼の記事が出てたのよ」

「ちょっとした有名人ってこと?」

ネイヴィルの名前しか知らない理央は少なからず興味を覚え、支度の手を進めながら達川と会話を続けた。

「雑誌にカラー写真が載ってたけど、若いうえにすごい格好いいから話題性があるんじゃない？　さっき先輩たちに雑誌を見せたら、なんか急に色めき立ったし」

「玉の輿《こし》を狙《ねら》えって感じなんだ」

「そうそう。だけど、ウチを利用してくれてチャンス到来と思ったら、理央ちゃんに指名を取られちゃったから歯ぎしりしてる」

達川が意味ありげに笑ったのを見た理央は、わざとらしく肩を窄める。

「脅《おど》かさないでよ、それでなくてもお姉様方は恐いんだから」

「だって本当だもの」

達川が小さく笑ったそのとき、リネン室のドア越しに声が響いてきた。

「久美ちゃーん、タオルはどうしたのー」

「はーい、すぐ持って行きまーす」

達川はペロッと舌を出してみせると、パタパタと足音を立ててリネン室を出て行った。

先輩から頼まれてここに来たにもかかわらず、いつものごとくのんびりと話に興じた彼女を笑いながらも、理央はネイヴィルのことを考える。

「ジュエリー会社の社長ねぇ……」

ロイヤルスイートに泊まる彼が何者であるのか、まったく気にならなかったと言えば嘘になる。

　あれこれ職業を考えたこともあったが、ジュエリー会社の経営者というのは想像もしなかっただけに驚きだった。

「あっ、時間だ……」

　考えごとに浸りながらふと時計に目を向けた理央は、予約の時間が迫っていることに気づき、慌ててトランクのフタを締め、それを持ってリネン室を飛び出した。

「行ってきまーす」

　元気な声でスタッフに声をかけてサロンを出た理央は、足早にロイヤルスイートに向かう。

　ネイヴィルには会いたくないが、仕事とあってはしかたがない。なにを言われても黙々と仕事に徹していればいい。

　そう自らに言い聞かせながらロイヤルスイートの前まで来た理央は、さっそくインターホンを鳴らした。

　昨日と同じように間もなくしてドアが開き、バスローブ姿のネイヴィルが姿を現す。しかし、当然ながら今日の彼は驚くこともなく、端正な顔に微笑みを浮かべていた。

「どうぞ」

待ちかねていたかのように、ドアを大きく開く。

「ご指名ありがとうございました。失礼します」

理央は深く頭を下げ、部屋に足を踏み入れる。

「昨日から君のことばかり考えていた」

そう言いながらドアを閉めたネイヴィルに、理央はいきなり抱きしめられた。

「なっ……」

驚きに目を見開くと同時に唇を奪われる。

「んっ」

唇を塞《ふさ》がれたまま背が反り返るほどきつく抱きしめられると、手を離れたトランクが鈍い音を立てて床に落ちた。

しかし、ネイヴィルは腕を緩めるどころか、さらに深く唇を重ねてくると強引に舌を差し入れてきた。

「んん」

逃げ場がない舌が無理やり搦《から》め捕《と》られ、ことさら強く吸われる。

みぞおちの奥がズキンとして、一瞬、震えが走った。キスをされて嬉しいわけがなく、彼を押し返そうとするのだが手に力が入らない。

「うん……」

執拗に絡めた舌を吸われ、頭の中が白《しら》み始めたそのとき、制服越しに尻を鷲掴みにされた理央はハッと我に返り、あらん限りの力でネイヴィルを突き飛ばした。

「いい加減にしろ」

怒鳴り声をあげ、彼の頬をめがけて片手を打ち下ろす。

その手はものの見事に命中し、パシッと乾いた音が部屋に響いた。

「リオ？」

頬を片手で押さえたネイヴィルが、呆然と見返してくる。

なぜ平手打ちを食らわされたのか、まったく理解していないらしい彼を、理央は唇をきつく噛みしめて睨みつけた。

「なんと勝ち気な」

ネイヴィルは怯《ひる》むどころか含み笑いをもらすと、両手を握り締めて突っ立っている理央をおもむろに抱き上げた。

「うわっ」

理央は突然、身体が宙に浮いて声をあげたものの、すぐに冗談ではないとばかりに腕の中で暴れる。

「なにをする気だ？　早く下ろせよ！」

叫びながら無闇やたらに手足を動かしたが、それくらいではビクともせず、ネイヴィルに抱き上げられたまま寝室に運ばれてしまう。

「勝ち気でお堅いリオと、ベッドで大胆に振る舞ったリオのどちらが本物なのだ？　今すぐ私に教えてくれ」

抱き上げていた理央をベッドに下ろすなり、ネイヴィルがのし掛かってきた。

大きな身体に押さえ込まれ、逃げ損《そこ》なった理央はおおいに慌てる。

なにを言っても通じない相手には実力行使に出るしかないが、力では到底、勝ち目はなさそうだ。

「きつい瞳を向けられるだけで、私は身体が熱くなる。さあ、この前のように可愛い声を聞かせてくれ」

「嫌だ！」

理央は大声で拒絶したが、易々と身体を押さえ込んだネイヴィルは、太腿の裏や尻をまさぐり始める。

強引なやり方に甚《はなは》だ腹が立ち、先日は身悶えた愛撫も今は不快にしか感じない。

「嫌だと言ってるんです、わからないんですか？　このまま続けるのは僕を強姦《ごうかん》するようなものなんですよ？」

叫びながら必死に胸を押し返すと、我に返ったらしいネイヴィルの身体からフッと力が抜けた。

「悪かった」

彼は素直に詫《わ》びると同時に起き上がり、ベッドを下りると乱れたバスローブを手早く直した。

「他にも腕のいいスタッフはいますので、すぐに代わりを寄越します」

吐き捨てながらベッドを飛び降りた理央は、彼を一瞥《いちべつ》して寝室を出た。

「待ってくれ」

「もう二度と僕を指名しないでください」

追いかけてきたネイヴィルに捨て台詞を残し、床に落ちたトランクを拾い上げようとしたが、背後からその手を掴まれ振り向かされる。

「リオ、すまなかった……機嫌を直してくれ。私はリオにマッサージをしてほしいんだ。もう手荒な真似はしないと誓うから、このまま帰ったりしないでくれ」

真っ直ぐに見下ろしてくる菫色の瞳を、理央は信じていいものか迷いつつ見返す。

「本当になにもしない。リオがマッサージをしてくれるなら、それでいい」

「わかりました。準備をしますので、しばらくお待ちください」

一礼した理央はトランクを持って寝室に向かう。

言葉を覆《くつがえ》すのは意外に容易《たやす》いものだ。彼は誓うと言ったそばから、手を出してくるかもしれない。

しかし、根っから不誠実な男には見えないこともあり、自分に向けられた真摯《しんし》な瞳を信じてみようと思ったのだ。

寝室に戻った理央は、ボディケアを始めるための準備を手早く整えると、リビングルームで待っているネイヴィルに声をかけた。

「お待たせしました。どうぞこちらへ」

ベッド脇に立って待っていると、寝室に入ってきた彼がバスローブを脱ぎ捨て、ベッドに俯せになった。

先日と同じように抱えた枕に顔を預け、静かに目を閉じる。そのあいだ、一言も発しなかった。

「失礼します」

理央はバスタオルで彼の腰から下を覆い、さっそくオイルを手に取る。

「痛いところがありましたら、遠慮なく仰ってください」

手のひらで充分に温めたオイルを背中全体に塗り広げ、指圧を加えながらマッサージをしていく。

「リオは流暢《りゅうちょう》な英語を話したが、外国で暮らした経験があるのか？」

目を閉じたまま話しかけてきたネイヴィルは、ときおり指圧に合わせて吐息をもらす。

「マッサージの技術を取得するために、アメリカとフランスで学んだあと、スイスの療養所でしばらく働いていました」

「スイスの療養所というと、バーデンやバードラガッツが有名だが、そのあたりか？」

彼が目を開けてこちらを見上げてくる。

いきなりキスをしてきたあげく、寝室に連れ込んで無理強《じ》いしようとした男とは思えないほど、今の彼は視線も口調も穏やかだ。

理央はトリートメントを行いながら、客ととりとめのない会話をする和《なご》やかな時間が好きなのだが、まさにそうした時がこの寝室に流れていた。

「はい、バーデンにあるホテル・フェレンナーフです」

「ああ、そこなら随分前に利用したことがあるな。設備が整っていてなかなかいいホテルだった」

肩胛骨の周りを指圧し始めると、ネイヴィルは再び目を閉じたが、わずかに眉根を寄せている。

そうした表情が、痛みからくるものではないと、経験上、理解している理央は、丹念《たんねん》にツボを刺激していく。

「ジェイはとても日本語がお上手ですが、どこかで学ばれたのですか？」

「はじめは独学で覚えようとしたんだが、埒《らち》があかなくなって知り合いの日本人を、無理やり個人教授に仕立てて習った。もう十五年以上も前のことだな」

「なにかきっかけでも？」

理央は手の動きを止めることなく会話を続ける。

こうして少しずつ客のことを知っていくのが楽しみのひとつであり、それはネイヴィルでも同じだった。

「高校生のときに〈蝶々夫人〉というオペラを観《み》たのがきっかけなんだが、リオは知っているか？」

「オペラを観たことはありませんが、〈蝶々夫人〉は知っています」

理央は正直に答えつつも、ネイヴィルの会社名を思い出した。

〈蝶々夫人〉は日本語を学ぶきっかけになっただけでなく、社名にしてしまうほど彼に大きな影響を与えたのだろう。

「日本は知れば知るほど興味深い国で、今も一番好きな国だ」

「お仕事で世界各国を飛び回っていらっしゃるそうですね？」

「去年は年間の半分くらいは海外で過ごしていたな。私は宝石を扱う仕事をしているんだが、原石の産地であるブラジルやタイに行って買い付けをするので、一カ所での滞在期間が長くなりがちなんだ」

「飛行機での長距離移動は身体に負担がかかりますから、疲れが溜まるのではありませんか？」

「ああ、だから最近はどこのホテルに泊まっても、欠《か》かさずマッサージを頼んでいるよ。でも、リオほど素晴らしい腕の持ち主はいなかった」

それまで目を閉じていたネイヴィルが、このときだけ頭を少しだけ起こしてこちらを笑顔で見上げてきた。

「ありがとうございます」

彼の優しい笑顔に、理央は思わず顔を綻《ほころ》ばせる。

先ほど彼の言葉を信じて部屋を出なかったのは、どうやら間違いではなかったようだ。

意外にも仕事熱心であり、生真面目でもあることが言葉の端々《はしばし》から伝わり、好感が持てた。

これで、身体だけを求めてくるような真似さえしなければ、もっと好感度が上がったに違いない。

とはいえ、最初にネイヴィルから誘われたときに、易々《やすやす》と乗ってしまった事実があるだけに、軽い男だと勘違いされるのはしかたがないのかもしれない。

都合のいい遊び相手と思われて腹を立てたが、一方的に彼を責められないのだと今さらながらに気づく。

「リオは宝石に興味はあるか？」

「いえ、あまり……」

「そうか、エメラルドや翡翠《ひすい》のグリーン系が似合いそうなんだがな」

残念そうな声をもらしたネイヴィルは、頭を起こしているのが辛くなったのか、枕に片頬を預けてしまった。

「ああ、気持ちがいい……」

眠たそうな声をもらした彼が目を閉じる。

もう話しかけてはいけないと判断した理央は、自らの指先に意識を集中させた。

ネイヴィルのあまりにも唐突な行動に怒り、いっときは仕事を放棄しようとしたが、穏《おだ》やかに会話ができた今は、すっかり気持ちも落ち着いている。

彼はセックスを遊びと捉えているようだが、自分に害を及ぼしてこないのであれば、どういった考えを持っていても個人の自由だ。

ボディケアを施す者としては、客に満足してもらうことがなによりも大事であり、彼に施術を気に入ってもらえた実感がある理央は、今後も指名してほしいと思い始めていた。

4

客を送り出して休憩時間に入った理央が控え室でひと息ついていると、大きな花束を両手に抱《かか》えた達川が歩み寄ってきた。

「理央ちゃん、ネイヴィル氏からまたお花が届いたわよ」

二日置きにネイヴィルから花束が届いているのだが、それも今日で四度目となった。

スタッフから興味本位にあれこれ聞かれるばかりか、嫉妬の視線まで向けられる理央は迷惑していたが、ネイヴィルの気持ちを心のどこかで嬉しくも思っていた。

ボディトリートメントを行いながら、彼と和やかに過ごした時間が今も忘れられない。

あの日は、施術を終えたあと、ハーブティを飲みながらくつろいでいた彼とたくさん話をした。

貴族出身の母親が花嫁道具として持参した古い宝石類に魅せられ、ジュエリーに興味を持つようになったことや、憧れを抱き続けてきた日本にようやく出店できるようになり、とても喜んでいることを知った。

由緒正しい家に生まれ、なにひとつ不自由することなく育ちながらも、自ら切り開いた道を進んで成功を収めた彼が、とても魅力的に感じられた。

あの日以来、ネイヴィルから指名は入っていないが、自分のことを忘れないでいてくれると思うと、やはり嬉しいものだった。

「これはもうお礼じゃなくて、愛の告白よね？」

本気とも冗談ともつかない言い方をした達川が、花束を手渡してくれる。

「ありがとう」

理央は礼を言って受け取ったが、興味津々といった顔をしている彼女はその場を離れようとしない。

どうやら、今回はどんなプレゼントが添えられているのかが気になっているようだ。

実は、花束には毎回、小箱に入ったリングやブレスレットなどが添えられている。

最初に届けられた花束に小箱が添えられているのを、たまたま理央より先に達川が気づいたのだ。

花束が贈られてきただけでも気まずい思いがあった理央は、他のスタッフには黙っていてほしいと彼女に頼んだため、ジュエリーが添えられているのは今のところ二人だけの秘密だった。

「見たいの？」

「あのね、〈マダム・バタフライ〉のジュエリーはとーっても高いのよ。なかなか間近で見るチャンスなんてないんだから」

達川は早く見たくてしかたないのか、急かすような視線を向けてきた。

「高いって、どれくらい？」

「セレブ仕様のブランドだし、何千万なんていうのはざらじゃない？　確かちっちゃなピアスでも最低二十万円くらいしたと思うわ」

「ピアスで？」

「そうよ」

達川にあっさりとうなずかれた理央は、驚きと呆れが入り交じったため息をもらしながら、花束の中に収まっている小箱を取り出す。

黒い箱には金色の細いリボンが掛けられている。花束をテーブルに置き、早速、リボンを解いてフタを開け、赤いベルベットのケースを取り出す。

「今度、彼から指名が入ったときにでも返そうと思ってたから、前に届いたぶんはロッカーに入れっぱなしにしてたよ」

花束が届くのは嬉しかったが、さすがにいかにも高価なジュエリーをもらうわけにはいかないと、理央はいずれ返すつもりでいたのだ。

「なんで？　返しちゃうの？」

「だって、もらう理由がないし、目が飛び出るくらい高価なものなら、なおさら早く返さなきゃ」

達川と言葉を交わしつつケースのフタを開くと、幅広のリングが収まっていた。

「すごーい、エメラルドが敷き詰めてある……」

「いくらくらいか見当つく？」

感嘆の声をあげた達川に訊ねてみたが、彼女にわからないと肩を竦められ、理央は大きなため息をもらす。

地金にプラチナを使用したリングは、幅が一センチくらいあるのだが、小さな正方形にカットしたエメラルドが、ぐるりと一周、取り巻いている。

隙間なくびっしりと並べられているため、まるで大きなエメラルドの塊に見えた。

「綺麗……」

達川の目はリングに釘付けになっていたが、理央は慌ただしくケースのフタを閉めて箱の中に戻した。

「ちょっとネイヴィル氏の部屋に行ってくる」

「返しにいくの？」

「だって、さすがにまずいよ」

「まあ、確かにお客様からいただくものとしては、少し高価すぎるかもね」

「悪いけど、そのお花、どこかに飾っておいてくれる？」

達川に花束を委ねた理央は、ロッカーの中から小さな箱を取り出し、制服のポケットの左右に二つずつ入れた。

「じゃ、行ってくるね」

達川に声をかけて控え室をあとにした理央は、途中ですれ違った桃井に外出する旨《むね》を伝えてサロンを出た。

「あっ、そうか……」

ネイヴィルが部屋にいるとは限らないことに気づき、慌ててサロンに戻る。

受け付けのカウンターに入り、ホテルの内線電話を取り上げてフロントを呼び出した。

「お疲れさまです。〈スパ・ソレイル〉の三久保ですが、ロイヤルスイートにお泊まりのネイヴィル氏はご在室でしょうか？」

直接、ロイヤルスイートに電話をかけてもよかったのだが、ネイヴィルが出た場合、訪ねる理由を説明する必要がある。

ジュエリーを返したいと言っても断られる可能性があり、いきなり訪ねたほうがいいような気がしたのだ。

「はい、ありがとうございました」

在室の確認が取れた理央は、受話器を戻すなりカウンターを飛び出し、ロイヤルスイートに向かう。

約束もなく部屋を訪ねるのは初めてであり、機嫌を損ねるのではないかと心配になってきたが、高価なジュエリーをいつまでも手元に置いておきたくなかった。

部屋の前まで来た理央は、両のポケットに小箱が四つ入っていることを確かめ、それからインターホンを鳴らした。

『はい?』

いつものように目の前でドアが開くことなく、インターホン越しにネイヴィルの声が聞こえてきた。

予定外の訪問者を警戒しているような声に、理央はにわかに緊張しながらも名乗る。

「突然、申し訳ありません。〈スパ・ソレイル〉の三久保です」

『リオ? すぐ行く』

弾んだ声で返事があり、間もなくしてドアが開いた。

「あ、あの……」

三つ揃いで身なりを整えているネイヴィルを目にした理央は、思わず胸が弾み声まで上《う》擦《わず》らせてしまった。

バスローブ姿とは違い、色男振りが格段に増している。端正な顔と輝くブロンド、そして均整の取れた長身には、なによりもかっちりとしたスーツが似合う。

初めてバーで会った瞬間、あまりの格好よさにときめいた。そのときと同じときめきを今も感じた。

理央が言葉もなく立ち尽くしていると、ネイヴィルが微笑みながら不思議そうに首を傾げる。

「入ったらどうだ？」

ドアを大きく開けて脇に避けたネイヴィルが、部屋の中へと迎えてくれる。

ハッと我に返った理央は、一礼してから足を踏み入れた。

「失礼します」

「連絡もなしに現れたのは、私に会いたくて居ても立ってもいられなくなったからか？」

冗談とは思えない口調で問いかけてきた彼に、さりげなく背にあてた手で部屋の奥へ促される。

「あの、お返ししたいものが……」

「私に？」

リビングルームの入り口で足を止めたネイヴィルが、訝《いぶか》しげに眉根を寄せて理央を見返してきた。

理央は制服の両ポケットから小箱を取り出し、両手に乗せて彼に差し出す。

「お花は嬉しいですが、高価なものを頂戴《ちょうだい》するわけにはいきません」

手元を見たネイヴィルは、さらに眉根を寄せる。

贈り物を返されるのは、気分のよいものではない。それくらいは理央も理解しているのだが、もらういわれもない高価な贈り物を受け取るわけにはいかなかった。

「愛するリオのために私が自ら選んだジュエリーだ。どうか受け取ってほしい」

彼はそう言いながら理央が差し出している両手を大きな手で包み込むと、そっと押し返してきた。

「初めてバーで君を見たとき胸を打ち抜かれて、偶然の再会で愛を確信した。先日は気持ちが逸《はや》るあまり失礼な真似をしてしまったが、私はリオが愛しくてたまらないんだよ。こんな気持ちになったのは久しぶりで、自分でもどうしていいのかわからないくらいだ」

菫色の瞳で見つめてきていたネイヴィルがふっと照れたように笑ったが、理央は激しく混乱した。

突然のキスも、付き合ってほしいと言ったのも、好きだからだと言うのか？

遊び相手を求めているのではなく、本気で好きだと言うのか？

信じ難い思いで彼を見上げる。揺らぐことのない真摯な瞳を向けてくる彼が、口から出任せを言ったとは到底、思えない。

もし、ネイヴィルの言葉が真実ならば……愛してくれているなら……理央は心がにわかに揺らいだ。

「美しい顔、滑らかな肌、夢へと誘ってくれる綺麗な手……リオのすべてを私のものにしたい」

手を伸ばしてきた彼が、優しく頬に触れてくる。

「改めて申し込むよ。恋人になってくれないか？」

にこやかに微笑むネイヴィルからの問いかけに、理央はわけもわからず胸が熱くなる。

しかし、同時にかつて愛した男が脳裡《よ》を過ぎり、素直にうなずき返すことができずに視線を外す。

「お断りします」

「リオ?」

ネイヴィルの手が頬から滑り落ちる。

「なぜだ、リオ?」

悲しげな声が耳に届く。

落とした視線の先にある彼の握り拳《こぶし》が微かに震えていた。

彼の言葉を信じてもいいのではと思うが、恋に破れて深く傷ついたせいか、理央は猜疑《さいぎ》心《しん》が先に立ってしまう。

「あなたを信じられない」

「どうしてだ? 私は心からリオを愛している。ただひとりリオだけを愛していると言い切れる」

腕を掴んできた彼に身体を激しく揺さぶられ、ようやく理央は顔を上げた。

「どうやって信じればいいんですか? あなたが暮らす国は別にある。いずれ帰国してしまう人の愛など信じられません」

語気も荒く言い放ち、再び目を逸《そ》らす。

かつて愛した男は、あたかも真実であるかのように愛の言葉を口にした。異国の地での遊びでしかないにもかかわらず、この愛が一生続くのだと思い込ませるくらい真摯に愛を語ったのだ。

ネイヴィルがあの男と同じ仕打ちをするとは思いたくない。しかし、間違いなく帰国するであろう彼の言葉は恐くて信じられなかった。

「日本にいるあいだの遊び相手にされるのはまっぴらです」

「どうあっても私の愛が信じられないと」

腕を掴む手に力が込められる。

向けられる瞳が真摯であればあるほど、裏切られたときの傷が深くなる。

その恐怖心から恋愛に臆病《おくびょう》になっている理央は、耳を貸すことなく彼の手を振り解く。

「金に糸目をつけないあなたなら、いくらでも上等な男が買えます。他の国でもそうやって男と遊んできたんでしょう」

持っていた小箱をネイヴィルの手に押しつけ、背を向けてドアに向かう。

「リオ……」

「失礼します」

顔も見ずに頭を下げ、ドアを開けて廊下に出る。

「ふぅ……」

大きく息を吐き出しながら天井を見上げ、気持ちを落ち着かせた理央はゆっくりと廊下を歩き出す。

「酷い言い方しちゃったな……」

すぐに後悔の念が湧いてきたが、ああでも言わなければ、またしても愛の言葉に惑わされそうだったのだ。

外国人は簡単に愛の言葉を口にする。未熟ゆえに最初は熱の籠《こ》もった囁きに胸を躍《おど》らせたが、それを真に受けてはいけないのだと失恋して学んだ。

「二度とあんな思いはしたくない」

深い悲しみの底から這《は》い上がるまでに長い時間を要した理央は、甘い言葉を信じて傷つくのを今も恐れていた。

5

「神崎《かんざき》様、いつもありがとうございます」

帰り支度を整えた馴染《なじ》み客を見送るため、受付カウンターまで出てきた理央は、笑顔で深く頭を下げた。

「理央ちゃんのおかげで、すっかりリフレッシュしたわ」

「これからショッピングですか？」

「今日はお友だちと〈マダム・バタフライ〉の展示会にお邪魔して、そのあとお食事をする予定なの」

いつものようにちょっとした立ち話をして見送るつもりだった理央は、思いがけずネイヴィルの会社名が出たことでドキッとしたが、実際に驚きの声をあげたのは受付スタッフだった。

「ええー！〈マダム・バタフライ〉の展示会にいらっしゃるんですかぁ？　すごーい、

あの展示会って、特別なお客さまにしか招待状が配られなかったって聞きましたよ。神崎様、さすがですね」

　スタッフからおだてられた神崎は、まんざらでもない顔つきで小さく肩をすくめる。

　大手企業の社長夫人である彼女は六十歳間近だが、サロンを訪れてくる客の中でも一、二を争う美人で、いかにもセレブといった出《い》で立ちで常に現れた。

　時計やバッグ類はブランドの見分けがつくが、ジュエリーのブランドをこれまで気にしたことがなかった理央は急に興味を持った。

「神崎様は〈マダム・バタフライ〉のジュエリーがお好きでいらっしゃるんですか？」

「今日は展示会にお邪魔するから、〈マダム・バタフライ〉で揃えてきたのよ」

　得意げに言った神崎が、大粒のダイヤが光り輝く指輪をした手で、胸元で煌《きら》めくネックレスに触れる。

「素敵ですね」

「でしょう？　〈マダム・バタフライ〉はデザインはもちろんだけど、石の質がとてもいいのよ」

「でもお高いんですよねぇ」

　カウンターに身を乗り出して来たスタッフが、神崎の胸元を覗き込む。

「この二つでちょっとしたお家が建てられるかしら」

「そんなお高いジュエリー、私だったら恐くて着けて歩けませんよ」

スタッフがわざとらしく怖がって見せると、神崎はそうかしらと言いたげに笑った。

「今日もなにかお買い求めになられるんですか？」

優雅な暮らしぶりに改めて感心した理央が訊ねると、神崎は急に悪戯っぽい笑みを浮かべた。

「今日は社長が接客してくださるんですって。若くて素敵な男性から勧められたら、買っちゃうかもしれないわねぇ」

「神崎様ったら、宝石より社長が目当てみたいじゃないですかぁ？」

「幾《いく》つになっても色男には弱いのよ。あら、そろそろお友だちと待ち合わせの時間だわ」

スタッフと言葉を交わした神崎が、理央に向き直る。

「じゃあ、理央ちゃん、また来週よろしくね」

「はい。お待ちしております」

深々と頭を下げて神崎を送り出した理央は、次の客を迎えるための準備に取りかかるつもりでトリートメントルームに向かう。

「理央ちゃん」

控え室から顔を出した桃井に手招きされた。

「はい？」

理央が歩み寄っていくなり、彼女は周りを窺《うかが》いながら顔を近づけてきた。

「ネイヴィル氏の秘書の方が展示会の招待状を届けてくれたんだけど、一緒に来てくれない？」

桃井からの唐突な誘いに、奇《く》しくも神崎と展示会の話をしたばかりだけに驚いたが、それ以上に、なぜ自分に声をかけてきたのだろうかと不思議に感じて理央は首を傾げる。

「どうして僕が？」

「理央ちゃんと一緒にどうぞって言われたんだもの。もともと彼は理央のお得意様だしね」

「でも……」

先日、彼に暴言を吐いた理央は、気まずい思いがあり気乗りではなかったが、桃井は引き下がろうとしなかった。

「今日は六時上がりでしょう？ 〈天翠《てんすい》の間〉の前で待ってるから、着替えがすんだらすぐに来てね。そうそう、他の子たちにこのことは内緒よ」

言うだけ言った彼女は理央の肩をポンと叩くと、断る余地を与えることなく控え室のドアを閉めてしまった。

「あっ……」

理央は目の前で閉まったドアを呆然と見つめる。

直接、自分を招待したところで断られるとわかっているネイヴィルは、店長である桃井をダシに使ったのだろう。

そこまでして彼は自分に会いたいのだろうかと、そんな思いが脳裡を過ぎる。

「どうしよう……」

行きたくないといったところで、桃井が聞き入れてくれるとは思えない。

ネイヴィルとは会いたくもあり、会いたくもなしといった、複雑な心境にある。

愛していると言われて心を揺らし、それでも過去の痛手からその言葉を信じ切れず、挙《あ》げ句《く》の果《は》ては暴言を吐いてしまった。

いろいろな話をしたことで、彼に惹かれている自分を感じていたからこそ、素直に信じられないのが辛くもある。

たった一度の失恋で人間不信になった己《おのれ》の弱さに呆れるが、宿ってしまった恐怖心を取り除くのは思いのほか難しいものなのだ。

「とにかく行くしかないか」

諦めの境地で展示会に行く決心をした理央は、小さなため息をもらしながらトリートメントルームを目指した。

＊　＊　＊　＊　＊

〈マダム・バタフライ〉の東京出店を記念した展示会は、〈クイーンズ・コンチネンタル・銀座〉内のもっとも豪華な大広間で催《もよお》されている。

仕事を終えて桃井と会場に足を運んだ理央は、想像を遙《はる》かに超《こ》えた煌びやかさに何度も目を瞬《しばたた》かせた。

招待された客の多くは日本人女性で、高級ジュエリー店の展示会とあってか、それぞれに着飾っている。

桃井は落ち着いたパープル色のパンツスーツ姿で、理央は象牙色の長袖シャツに細身の黒いパンツという組み合わせだ。

ともにファッションには気を遣うほうであり、アクセサリーなどの小物使いには定評がある。

しかし、高価な和服や、ブランド物の服をまとい、豪華な貴金属を身に付けた招待客の中にあっては、二人とも地味に見えた。

「凄い盛況《せいきょう》ですね？」

理央が思わずつぶやくと、ショーケースに並ぶジュエリーの数々に目を奪われていた桃井が振り返ってきた。

「どこが不景気なのかしらって感じよね？」

嫌みっぽく言った桃井が、笑いながら肩をすくめる。

「ひとつも値札がついてませんよ」

「セレブは値段なんて気にしないのよ、きっと」

理央と桃井は意味もなく顔を寄せ合い、声を潜める。

「ねえ、ネイヴィル氏はどこかしら？」

彼女からこそこそと耳打ちされ、理央はあたりを見回す。

会場には外国人男性の姿がちらほら見えるが、輝くブロンドを持つネイヴィルはことさら目立つはずだ。

「あっ、あそこ」

二ブロック先に彼を見つけた理央は、こっそりと指を指して教えた。

「ブロンドの人よね？」

「そうです」

「写真よりずっと格好いいわね」

接客しているネイヴィルに目を凝《こ》らす桃井の隣で、理央もいつにも増して素敵な彼に目を奪われる。

シルバーがかったグレーの三つ揃いに白いワイシャツを合わせ、鮮やかなグリーンのネクタイを締めた彼には一分の隙もない。

和服を着た年配の女性を相手にしている彼は、手に取ったジュエリーを見せながら言葉を交わしている。

笑みを絶やすことがなく、ときおり女性と顔を見合わせて大きくうなずく。商品を売るための必死さは感じられず、女性との会話を楽しんでいるように見える。

ひとしきり女性の相手をした彼は、恭《うやうや》しく手を取ってくちづけると、にこやかな笑みを残して別の女性へと歩み寄っていく。

ひとりひとりに笑顔で丁寧な接客をする彼が清々《すがすが》しくスマートに映るのは、己に対する自信のみならず、提供するジュエリーにも誇りを持っているからだろう。

日本語に長《た》けた彼からジュエリーを見立ててもらう女性たちが、みな一様にうっとりとした様子なのは、彼に魅了されているからなのかもしれない。

いっさい気を抜くことなく、自然に身についたであろう優雅な立ち居振る舞いで接客する彼を見ていた理央は、金で男を買えと言い放った自分が恥ずかしくなってきた。

（あっ……）

見とれていた理央はネイヴィルと目が合い、にわかに慌てる。

「店長、向こうも見てみましょう」

彼に微笑まれた途端、恥ずかしさに襲われ、桃井を促して場所を移動した。

さりげなく振り返ると、こちらに向かってくるネイヴィルの姿が目の端に映る。

気まずい思いを抱いたまま顔を合わせたくない理央は、確実に近づいてくる彼を気にしながらショーケースの角を回り込んだ。

「あっ」

焦《あせ》るあまり足先がショーケースに引っかかり、無様《ぶざま》にも転んだあげくに、ガラスを蹴ってしまう。

床にガラスが砕け落ち、陳列されていたジュエリーが散らばった。

ガラスの欠片《かけら》に引っかけたのか、理央が着ているシャツの袖が小さく裂けている。

見るも無惨な状況を前に、理央の顔は見る間に蒼くなっていった。

「理央ちゃん……」

啞然とした桃井の声と、会場のざわめきが耳に痛い。

理央は右腕にあきらかな痛みを感じている。しかし、これ以上の迷惑はかけられない思いから、痛みを我慢して立ち上がった。

「申し訳ありません」

「リオ、大丈夫か？」

会場のスタッフに頭を下げて詫びる理央に、心配そうな顔をしたネイヴィルが駆け寄ってきた。

「すみません、たいせつなジュエリーをこんな……本当に申し訳ありません……」

謝ってすむことではないとわかっているが、ひたすら理央は頭を下げる。

「こちらのことは気にしなくていい、それより怪我は……」

理央の頭の天辺から足先までを急ぎ眺めたネイヴィルは、破けたシャツの袖に赤いシミを見つけて息を呑んだ。

「リオ……」

彼の顔から血の気が引いていく。

しかし、高級ブランドの社長としての冷静さを欠くことはなく、胸ポケットからさっと

抜き取ったチーフで傷口を押さえると、オロオロしているスタッフに声をかける。

「お客様にご迷惑がかからないよう、すみやかに片付けなさい」

端的に指示を出した彼は、ざわめく客たちに向き直った。

「みなさま、お騒がせして申し訳ありません。すぐに片付けますので、どうぞそのままお楽しみください」

凛《りん》とした態度と笑顔で客たちを宥《なだ》めたネイヴィルに、立ち尽くしていた理央は優しく抱き寄せられる。

「ジェイ……」

「あとのことはスタッフに任せればいい。とにかく手当てをしなければ」

安心させるように言った彼に促され、抱き寄せられたまま扉に向かうが、頭の中が真っ白になっている理央はなにも考えられないでいる。

廊下に出たネイヴィルは、ホテルのスタッフを呼び止めて医務室の場所を訊ねると、再び歩き出した。

とんでもない事態を引き起こしてしまったショックに茫然自失状態の理央は、ネイヴィルが抱き寄せてくれていなければ、その場に力なく頽《くずお》れてしまいそうだった。

「リオ、痛むか?」

彼がポケットチーフで押さえている腕に目を向けてくる。

痛みなどすっかり忘れていた理央は、無言で首を横に振った。

「傷が深くないといいのだが……」

展示会を台無しにしてしまったにもかかわらず、自分のことを心配してくれるネイヴィルの優しさに、涙が溢れそうになってくる。

「すみません……」

理央がポツリとつぶやくと、彼は大丈夫だと言うようにギュッと抱き寄せてきた。

大広間のあるフロアからエレベーターを使って地階へと移動し、医務室の前にやってきたネイヴィルは、軽くノックをしてからドアを開けた。

医務室には緊急時にも対処できるよう、二十四時間体勢で医師が待機している。

専門的な医療は行えないため、重篤《じゅうとく》の場合は提携している病院に搬送するが、軽い傷の手当てくらいは可能だ。

「どうしました？」

デスクを前に座っていた若い医師が、理央とネイヴィルを見上げてくる。

にわかに焦った様子のネイヴィルに医師の前まで連れて行かれ、丸椅子に座るよう促された理央はへたり込むように腰を下ろした。

「ガラスで腕を切ったようです。先生、早く手当てをお願いします」

まくし立てるように言ったネイヴィルは、理央の肩に手を置いてきたが、その手が微かに震えている。

展示会場では平静さを保っているように見えた彼も、本当はかなり動揺していたのかもしれなかった。

「拝見しますよ」

椅子のキャスターを転がして迫り出してきた医師は、血が滲んでいるシャツの袖をそっと捲《まく》り上げていく。

脇に立っているネイヴィルが露《あら》わになった傷口を覗き込み、項垂《うなだ》れていた理央も自分の腕に恐る恐る目を向ける。

傷は幅にして五センチほどあり、今も血が滲み出てきているが、素人目にもさほど酷くないとわかった。

「先生、縫わなくて大丈夫ですか?」

「確認しますから待ってください」

声を上擦らせるネイヴィルを落ち着かせるように笑顔を向けた医師は、消毒液に浸した脱脂綿《だっしめん》をピンセットで摘むと、傷口から滲《にじ》む血を拭き取り始めた。

「長袖を着ていたおかげで、深くは切れなかったようですね。これくらいなら縫わないほうがいいでしょう」

「仕事は？　彼はホテルのスパで働いているんです、傷が仕事に差し支えたりしませんか？」

ネイヴィルは相変わらず焦っているようだが、答えを後回しにした医師は理央に目を向けてきた。

「僕は……〈スパ・ソレイル〉で主にボディケアを担当しています」

無言の問いかけに答えた理央の前で、医師は血を拭き取った脱脂綿を捨てると、新たな脱脂綿をピンセットで摘んだ。

「接客業でしたら、しばらくは休んだほうがいいでしょうね。ちょっと凍みますよ」

黄色い液体に浸した脱脂綿が傷口に触れた途端、ピリッとした痛みを感じた理央は思わず顔をしかめた。

「しばらくって、どれくらいですか？　一週間？　半月？」

「傷自体は三日もすれば塞がると思いますが、腕を使う仕事をなさっているなら一週間は様子を見たほうがいいでしょう」

ネイヴィルの問いに答えながら、医師は脱脂綿を挟んだガーゼを傷口にあて、絆創膏《ばんそうこう》でしっかりと留め、さらに包帯を巻いていった。

ネイヴィルに迷惑をかけたうえに、仕事まで休まなくてはならなくなった理央は、あまりにも情けない事態にがっくりと肩を落とす。

「三久保君!」

ドアが開く音と大きな声が同時に聞こえ、理央とネイヴィルが驚きの顔で振り返ると、血相を変えた支配人が飛び込んできた。

開け放したドアのそばには、神妙な顔で部屋の中を覗き込む桃井の姿があった。

大広間で起きた騒動を彼女が支配人に報告したのだろう。そして、これは一大事とばかりに彼らは慌てて駆けつけてきたのだ。

「ミスター・ネイヴィル……申し訳ございません。この度は大変なご迷惑をおかけしまして、なんとお詫び申し上げれば……」

支配人は腰を低くして歩み寄ってくると、座っている理央に厳しい顔を向けてきた。

「三久保君、君はなんということをしてくれたんだ。ホテル内で騒ぎを起こすなど言語道断だ」

「申し訳ありません」

怒りを露わにした支配人に、弁解の余地がない理央は詫びて項垂れる。

ひとしきり睨みつけてきた支配人は、再びネイヴィルに向けて深々と頭を下げた。

「本当に申し訳ございません。お客様にご迷惑をかけないよう常日頃から……」

「大げさに騒ぐほどのこともなかったのだから、もう彼を責めないでくれないか」

「しかし、従業員が起こした騒動ともなりますと、私どもの信用にも関わることでございます。どんなお叱りの言葉も真摯に受け止める次第でございます」

ネイヴィルは厳しい態度を崩さない支配人を宥めたが、当の支配人は耳を貸さない。

ロイヤルスイートに長期滞在しているだけでなく、ホテル内の大広間で展示会を開くネイヴィルは、絶対に機嫌を損ねてはならない賓客であり、支配人もそう簡単には引き下がれないのだろう。

「この程度のことで文句を言うつもりなどないし、彼は怪我をしているのだから、話があるならあとにしてくれ」

ネイヴィルはさすがに痺《しび》れを切らしたのか、支配人にきつく言い放つと、理央に視線を戻した。

「ミスター・ネイヴィル……」

支配人から控えめな口調で呼びかけられた彼は、しつこいとばかりに睨みつける。

「あとにしてくれと言っただろう？　君は私の日本語が理解できないのか？」

支配人は遙かに年上だが、優位な立場にあることを自覚しているネイヴィルは容赦《ようしゃ》がなかった。

「失礼いたしました。のちほど改めましてご挨拶に伺わせていただきます」

怒鳴り付けられて一瞬、息を呑んだ支配人も、さらなる怒りを買うような真似はせずに大人しく引き下がった。

「三久保君……」

支配人は言い残したことがあるようだったが、ネイヴィルに一瞥《いちべつ》された途端、硬く口を噤《つぐ》み、丁寧に頭を下げてドアに向かうと、桃井とともに姿を消した。

「先生、本当にこのまま放っておいて大丈夫なんですね？」

ドアが閉まる音が聞こえるや否《いな》や医師に問いかけたネイヴィルは、傷口に薬を塗っただけというあまりにも簡単な治療に不満があるようだ。

「鋭利《えいり》なガラスで切ったのが幸《さいわ》いしたのか、傷口がかなり綺麗な状態でしたから、すぐに塞がりますよ」

ネイヴィルを見上げた医師は、安心させるように穏やかな笑みを浮かべる。

その言葉にようやく納得したのか、ネイヴィルは小さく息を吐き出すと、理央の肩を優しく叩いてきた。

「さあ、行こうか」

「はい」

理央は項垂れたまま立ち上がり、医師に深く頭を下げる。

「ありがとうございました」

「ガーゼは小まめに取り替えてください」

「はい」

小さくうなずき返した理央の肩を、医師に向けて一礼したネイヴィルがそっと抱き寄せてきた。

そのまま彼に導かれて医務室を出る。ドアを閉めた彼は廊下を歩き出そうとしたが、理央は足を止める。

「申し訳ありませんでした……」

ネイヴィルに迷惑をかけたうえに、支配人から叱咤《しった》されたことで自己嫌悪に陥《おちい》り、今すぐこの場から姿を消したい気分になっているが、許しを得ずに帰ることなどできない。

「もう謝らなくていい。それより、軽い怪我ですんでなによりだった」

展示会を台無しにしたというのに怒りの言葉ひとつ口にしないばかりか、先日、投げつけた侮辱的な言葉すら忘れたかのように、ネイヴィルはどこまでも優しい。

自分は慰《なぐさ》められる価値すらないと思っているだけに、彼に優しくされるとますます理央は落ち込んだ。

「さあ」

行こうと促してきたネイヴィルに歩みを揃えて廊下を歩きながらも、なぜこんなことになってしまったのかと悔やむばかりの理央は、彼の顔を見ることすらできないでいた。

6

理央はひとり自宅に帰るつもりでいたが、部屋で少し休んだほうがいいと言うネイヴィルに誘われるままロイヤルスイートに来ていた。

彼の優しさに、これ以上、甘えてはいけないとわかっている。しかし、彼の前から消え去りたい思いとは裏腹に、突然、湧き上がった離れがたい思いを抑え込めなかったのだ。

「痛まないか？」

長椅子に並んで腰かけているネイヴィルが、項垂れている理央の顔を覗き込んでくる。

ここに来てすぐ、彼に勧められて鎮痛剤を飲んだ理央は、躊躇いがちに彼を見返す。

「薬を飲みましたので大丈夫です。それより……本当に展示会に戻られなくてよいのですか？」

「ああ、明日もあることだし、優秀なスタッフがきちんとやってくれているよ」

「ジェイに会えることを楽しみにしていたお客様もいらっしゃるのに……僕のせいでご迷

惑をかけてしまって、どうお詫びしたら……」

いくらネイヴィルに詫びたところで、展示会を打ち毀《こわ》した事実は消えないが、謝る以外にできることがない理央は、部屋に来てからも頭を下げ続けていた。

「もういいと言ってるだろう？　だいたいリオだけが悪いわけではない。君の顔が見たいばかりに、招待状を届けさせた私にも罪はあるんだ。ようするにお互い様だよ」

気にする必要はないのだと笑ったネイヴィルは、理央の肩を軽く叩いて立ち上がると、上着を脱いで長椅子の背に引っかける。

「リオは……飲まないほうがいいか……」

ひとりつぶやきながら壁際のキャビネットまで行き、ブランデーのボトルの栓を開け、クリスタルガラス製のグラスに数センチほど注いだ。

その場で一口、味わい、深いため息を吐き出すと、グラスを手にゆっくりとした足取りで戻ってきた。

「紅茶かコーヒーでも頼むか？」

テーブルの前で足を止めた彼が見下ろしてくる。

気を遣わせてしまった申し訳なさに、理央は肩を窄めて首を横に振った。

「リオ……」

テーブルを回り込んできたネイヴィルは、グラスを置いて再び隣に座ると、揃えた膝の上に手を置いて畏《かしこ》まっている理央のあごを片手で捕らえる。

「どうしたら笑ってくれるんだ？」

半ば無理やり顔を上向かされた理央は、間近から見つめてくる菫色の瞳をおずおずと見返した。

「せっかくの綺麗な顔が台無しじゃないか」

穏やかな笑みを浮かべた彼に、親指で唇をそっと撫でられる。

ゾクッとして身を縮めた理央が困惑して視線を逸らすと、短いため息をついた彼がおもむろに唇を重ねてきた。

「んっ」

驚きに目を見開いた理央は逃れようと身を捩《よじ》ったが、背中に回した腕で強く抱きしめてきた彼に動きを封じられる。

「愛しているんだ、リオ……そんな悲しい顔をしないでくれ」

少しだけ唇を離して囁いた彼は、すぐにまたくちづけてきた。

「んんっ」

深く唇を重ねてきた彼に、舌を搦《から》め捕られる。

思いの丈《たけ》を込めたような情熱的なキスをしてくるが、怪我をしている右手を庇《かば》って抱きしめてくれている。

こんなときですら気遣う優しさに、理央は胸が熱くなった。本当に愛してくれているのではと、そんな気になってくる。

「ん……ふ」

ねっとりと甘いキスを続けられ息苦しくなってきたが、なぜか顔を背《そむ》けられない。

彼が与えてくれるキスは、我を忘れさせる。思考が止まり、重ねている唇だけに意識が向かった。

「う……ん」

片手で容易《たやす》く膝を割った彼が、内腿を撫で始める。

ゾクゾクするような感覚に、身体から力が抜けていき、しどけなく足が開いていく。

腿のつけ根と膝のあいだを、大きな手が何度も往復した。布越しに伝わってくる手のひらの温《ぬく》もりが、たまらなく心地いい。

「リオ、愛してる……」

ようやく唇を離したネイヴィルが、愛の言葉を囁きながら耳たぶを甘噛みしてくる。

耳をかすめた吐息と、歯を立てられたこそばゆさに、理央の細い肩が震えた。

全身が蕩《とろ》けそうなほど熱く、手足が痺れて力が入らない。初めて身を委ねた夜に、彼から与えられた快感を覚えている身体が勝手に疼き始めた。

「怪我をしているのに、こんなにもリオを求めている……私は最低の男だな」

自虐的《じぎゃくてき》な笑みを浮かべたネイヴィルは、愛撫の手を止めて身体を離そうとしたが、理央はそうはさせまいと片手を彼の背に回す。

「止めないで……」

「リオ？」

ネイヴィルが驚きに目を見開いて見返してきた。

彼に身体を許すのは、愛を受け入れることを意味する。

裏切りを恐れるあまり拒絶してきたが、今日の彼が見せてくれた優しさは信頼に値《あたい》するものであり、信じてみたくなった。

強く惹かれていたからこそ、手のひらを返されたときのことを思うと、どうしても怖くて素直になれなかった。

大きな愛で包んでくれるネイヴィルは、絶対に裏切ったりしない。ずっと自分だけを愛してくれるはずだ。

「ジェイが欲しい」

身も心も彼を求めている己に気づいた理央は、背に回した手で強く抱きしめた。

「リオ……」

嬉しそうに菫色の瞳を細めたネイヴィルは、両手で頬を挟むと顔中にキスの雨を降らしてくる。

つい先ほどまで重苦しい顔つきで悲嘆《ひたん》に暮れていた理央も、ようやく笑みを浮かべた。

「傷口が開かないように注意しないといけないな」

理央の額にかかる前髪をかき上げた彼は、愛しげに見つめてくる。

菫色の瞳に映り込んだ己の顔を目にした理央は、自分だけを見つめてくれることに喜びを覚えた。

ネイヴィルは寝室に移動するわずかな時間すら惜しいのか、長椅子に腰かけたまま慌ただしくベストを脱いでネクタイを引き抜き、ワイシャツのボタンを外していく。

しかし、自分が脱ぐより先に相手を裸にしたくなったらしく、胸元がはだけたところで手を理央のシャツに移してきた。

顔を綻《ほころ》ばせながらボタンを外した彼が、包帯《ほうたい》を巻いた右腕を気にしつつシャツを脱がせてくれる。

「痛かったら言ってくれ、いいな？」

理央がコクンとうなずき返すと、すぐさま床に跪いてパンツに手を伸ばしてきたネイヴィルに、下着もろとも脱がされた。

残る靴下もポイポイと脱がされ、身に付けているものが包帯だけになった理央は、明るい照明の下に晒《さら》された己の裸を目にして顔を真っ赤に染める。

名前も知らないまま身体を重ねた夜は、自分でも驚くほど大胆に振る舞った。今さら恥じらったところで、ネイヴィルに笑われるだけだろうが、どうしようもなく恥ずかしい。

真っ赤になった顔を背けて視線を落とすと、すぐに気がついた彼が指摘してくる。

「恥ずかしいのか？」

頬に手を添えてきた彼は、理央の顔を正面に戻す。

「酒が入れば少しは違うのだろうが、今夜はしかたないな」

ネイヴィルはからかうでもなく、気にするなと優しく笑う。

（あっ）

これほどまでに優しい彼を侮辱しておきながら、まだ謝っていないことを思い出した理央は、頬に触れている手をそっと掴む。

「ジェイ……」

「どうした？」

「先日、僕はとても失礼なことを言ってしまいました……申し訳ありません」

真っ直ぐに目を見て詫びると、ネイヴィルが小さく笑った。

「そんなことがあったな、とうに忘れていたよ」

どうでもいいことのように言った彼に頭を引き寄せられ、理央は唇を塞がれる。

曖昧《あいまい》な言い方をしたにもかかわらず、なにに対する詫びであるかを訊ねてこなかった彼が、あの日の言葉を記憶しているのは間違いない。

しかし、あえて忘れたことにしてくれたのは彼なりの思いやりであり、それに甘えた理央は前屈みになって唇を貪《むさぼ》った。

与えられたキスに応えると、すぐに彼がキスを返してくる。その繰り返しに、身体の内側に灯《とも》っていた小さな火が一気に燃え上がった。

「あぁ」

脇腹を撫で上げてきた手が胸の小さな突起に触れ、痺れが走り抜けた理央は思わず唇から逃れて大きく背を反らす。

「相変わらず敏感だ」

楽しげに言ったネイヴィルは、座っている理央の膝を割って足のあいだに入り込んでくると、両手を背に回しながら胸に顔を埋めてきた。

「あん」

乳首を口に含まれて小さな声をあげた理央は、カクンと頭を後ろに倒す。と同時に、煌めくシャンデリアを目にしてハッと我に返った。

ここは〈クイーンズ・コンチネンタル・銀座〉の一室であり、ネイヴィルが暮らす場所は別にある。

どれほど愛していると言ってくれても、どれほど自分が愛したとしても、いずれ彼は帰国してしまうのだ。

再び愛する男に置き去りにされる恐怖に駆られた理央は、咄嗟にネイヴィルの頭を掴んで押し返した。

「リオ？」

強引に頭を遠ざけられた彼が、怪訝《けげん》そうに見上げてくる。

ネイヴィルの愛を信じたい。しかし、信じて捨てられた過去に囚《とら》われている理央は、長椅子から立ち上がると、急いで服を身につけ始めた。

「いったい、どうしたというんだ？」

膝立ちになったネイヴィルが呆然と見つめる中、シャツのボタンも留め終わらないうちにドアに向かった。

「リオ!」

慌てた彼がすぐに追いかけてきたが、振り返ることなくドアを開けて廊下に飛び出し、エレベーターホールまで一目散に走ると、柱のボタンを忙《せわ》しなく押した。

「リオー」

ネイヴィルの大きな声が聞こえて思わず振り返ったが、彼が部屋の前から動くことはなかった。

所詮《しょせん》、自分は彼にとって、追いかけて連れ戻したいと思うほどの存在ではないのだ。

彼の優しさにほだされ、愛を信じそうになった己の浅はかさに、乾いた笑いが込み上げてくる。

「もう絶対に騙されない……捨てられて泣くのはまっぴらだ」

自らに言い聞かせるように吐き捨ててキュッと唇を噛みしめた理央は、シャツの乱れを直して血が滲んだ袖を捲り上げると、目の前で扉が開いたエレベーターに乗り込んだ。

7

怪我のために仕事を休まざるを得なくなった理央は、もう四日も退屈な日々を過ごしている。

騒動の翌日は、サロンに寄って休暇届けを出し、そのあと謝罪するために支配人室を訪ねた。

傷の心配をする桃井は元気づけてくれたが、支配人からは賠償問題にならずにすんだのは幸いだったが、賓客《ひんきゃく》に迷惑をかけるなど許される行為ではないと散々、説教され、その場で始末書を書かされた。

ネイヴィルはあの日以来、電話の一本もかけてこない。彼には電話番号を教えていないのだが、サロンに問い合わせれば知ることは可能だろう。

個人情報に関して厳しくなっているとはいえ、これまでの経緯《けいい》を把握《はあく》している桃井ならば、訊ねてきた彼に気を利かせて教えそうなものだ。

それにもかかわらず、彼が連絡を寄越してこないでいるのは、土壇場《どたんば》で逃げ出すような男にいい加減、愛想を尽かしたからだろう。

部屋を飛び出しても追いかけてくることなく、その後もいっさい連絡をしてこないことで、彼の本当の気持ちがわかった気がした。

「また赤か……」

赤信号に足を止められて愚痴《ぐち》をこぼした理央は、晴れ渡った秋空を見上げる。

自宅にいてもすることがなく、薄い桜色の長袖シャツと細身の黒いパンツに着替え、行く場所も決めずに自宅を出たのだが、気がつけば青山に来ていた。

これといった特別な思いがある場所ではないが、今日は自然と青山に足が向いた。

無意識のこととはいえ、自分が青山に引き寄せられた理由は理央も理解している。

初めて東京進出を果たした〈マダム・バタフライ〉のショップが、青山の一画にあるのだ。

愛した男に捨てられる恐怖を二度と味わいたくない思いから、ネイヴィルを拒絶しておきながらも、ここ数日は彼のことばかり考えていた。

彼にとって自分がどうでもいい存在になってしまったのは間違いなく、忘れたほうがいいのだとわかっているのに思い出す。

愛の言葉を信じてすべて捧げてしまえば、彼が帰国したときに辛い思いをするのは目に見えている。

それが怖くて逃げ出したというのに、拒絶したことを心のどこかで後悔している。

彼《か》の地、スイスで心と身体を弄《もてあそ》んだ男を、憎みながらも忘れられなかったように、ネイヴィルへの思いを断つことができないでいた。

未練がましいにもほどがあるというのに、無意識のうちに彼のショップがある青山に来てしまったのだから、自分のことながら呆れ果てる。

「あっ」

信号が青に変わり横断歩道を渡った理央は、なにげなく足を向けた先にひときわ目立つビルを見つけて立ち止まった。

「あれか……」

シックな五階建てのビルに、〈マダム・バタフライ〉の看板が掲げられている。

重厚感が漂う豪奢な造りのエントランスは、高級ジュエリーブランドであることを誇示《こじ》しているかのようだ。

気軽に立ち寄れる雰囲気がないためか、ビルの前で足を止めた数人の女性が、歩道に面したショーウインドーを遠巻きに眺めている。

吸い寄せられるように歩み寄っていった理央は、彼女たちと同じように少し離れた場所から、展示されているジュエリーを見つめた。

「ねえ、あれじゃない？　テレビでやってた二億円のダイヤのネックレス」

「やっぱり本物は綺麗よねぇ……」

「買う人なんているのかしら？」

女性たちの会話に興味をそそられた理央が、ショーウインドーの中央に飾られている目にも眩《まぶ》しいネックレスを見ていたとき、目の端が輝くブロンドを捕らえた。

ギクリとした理央は、慌ててショーウインドーから離れ、隣のビルの陰に身を隠す。

〈マダム・バタフライ〉には外国人のスタッフも多く、ブロンドの持ち主がネイヴィルだけとは限らない。

しかし、直感で彼だと思ったのだ。ここで顔を合わすのは気まずい思いがあり、物陰に隠れたものの、やはり気になる理央はそっと顔を覗かせた。

「ジェイ……」

出てきたのは紛《まぎ》れもないネイヴィルだった。

秋らしい深いベージュの三つ揃いを身にまとった彼のブロンドが、柔らかな陽差しを受けていつも以上に輝いている。

彼はショーウインドーの前にいる女性たちに気がつくと、にこやかな微笑みを向けた。

理央は慌てて顔を引っ込めたが、彼女たちがもらした小さな黄色い声が聞こえてくる。

「誰にでも愛想がいいんだから」

苛立《いらだ》ち紛れに悪態《あくたい》をついて再び顔を覗かせると、ネイヴィルの隣に若い日本人男性が並んでいた。

ほっそりした身体を明るい紺色のスーツに包み、片手にブランド物のブリーフケースを提《さ》げている。

ビジネスマンのような出で立ちではあるが、洒落《しゃれ》た髪型やパリッとしたスーツの着こなし方など、かなり洗練《せんれん》されている印象があった。

扉の前に立ったまま、二人は顔を見合わせて言葉を交わしている。ネイヴィルの表情しか伺い見ることができないが、若い男を見つめる彼は優しげな笑みを浮かべていた。

「あっ」

若い男の肩を抱き寄せて促したネイヴィルは、あろうことかこちらに向かって歩いてくる。

驚いて咄嗟にあたりを見回した理央は、すぐ横にある大きな植木に目を留めると、その後ろに隠れた。

往来《おうらい》でコソコソしたりしたら、周りから変に思われる可能性があるのだが、それを考える余裕もなく息を潜める。

「もう少し髪を短くしたらどうだ？　そのほうが似合うと思うぞ」

ネイヴィルが男の顔を覗き込みながら、彼の前髪をさりげなくかき上げた。

「そうですか？　短い髪がジェイのお好みならそうしますけど……」

「好みというより、君は顔立ちが可愛いから、短いほうが似合うと思っただけだ」

不満そうな男に、ネイヴィルが微笑みかける。

「僕はもう可愛いって言われて喜ぶ年齢ではないですよ」

「可愛いものは可愛いんだよ」

聞こえてきたネイヴィルと若い男の会話は、まるで恋人同士のようだ。

枝の隙間から彼らの様子を窺い見ていた理央は、悔しさと虚《むな》しさが同時に湧き上がり、きつく唇を噛みしめる。

「くっ……」

理央は間を置いて植木の後ろから出てくると、遠ざかっていく彼らの後ろ姿を呆然と見つめた。

肩を抱き寄せるネイヴィルに、若い男は遠慮なく寄り添い、二人はゆったりとした足取

りで歩いていく。

遠く離れてしまっていても、見つめ合って楽しげに言葉を交わす彼らの笑い声が聞こえてくるような気がした。

「自分だけを愛してるなんて、やっぱり嘘っぱちだったんだ……」

項垂れた理央は彼らに背を向けると、反対方向にトボトボと歩き出す。

一緒にいた若い男は、理央に背格好がよく似ていただけでなく、顔立ちも系統的には近かった。

「好みがわかりやすすぎて笑える」

小さく吐き捨てた理央は、足を止めて振り返る。

少し背伸びをして、行き交う人々の向こうに目を凝らしてみたが、すでにネイヴィルと若い男の姿はなかった。

「はぁ……」

いまだにネイヴィルが気になる自分に呆れ、大きなため息をもらした理央は、前に向き直ると再び歩き出した。

ネイヴィルは自分好みの男を手に入れるためならば、誰彼なしに口説く節操《せっそう》なしの男なのだ。

優しさも、愛の言葉も、彼にとっては男を口説くためのものでしかなく、真剣な眼差しに惑わされて、彼の言葉を信じてはいけないのだ。

あの日、我に返って部屋を飛び出したのは間違いではなかった。

彼から愛されている気になって、あのまま身を任せていたとしたら、またしても辛い思いをするところだった。

優しくされ、愛を囁かれ続けて心がなびいてしまったのは、それだけネイヴィルの演技が上手かったということだ。

遊び慣れた彼の手管《てくだ》にまんまとはまりそうになった理央は、もっと男を見る目を養わなければと反省する。

「映画でも観て帰ろうかな……」

いつまでも不誠実な男に囚われていてもしかたない。二度と会わなければ、そのうち彼のことなど忘れてしまうだろう。

とにかく気分転換がしたくなった理央は、歩き慣れた街、銀座に出るために地下鉄の駅に向かった。

8

一週間ぶりに仕事に復帰してから三日が過ぎ、ようやく理央は鈍《にぶ》った感覚を取り戻していた。

腕の傷はすっかり治り、薄い一筋の線が残っているだけだ。幸い、腕に力を入れても痛むこともなく、仕事にはまったく差し障《さわ》りがなかった。

仕事をしているといらぬ考えに囚われずにすむこともあり、休む間もないほどに働けるのが有り難いくらいだった。

「理央ちゃん、ネイヴィル氏からの指名を、また断ったんですって？」

シーツとタオルを手にリネン室から出てきたところで桃井から声をかけられ、理央は胸の内でため息をつきながらも足を止める。

「まだメンズは無理だと思うので……」

理央はわざと渋い顔をして肩をすくめた。

仕事に復帰したその日にネイヴィルから指名が入ったが、今と同じ理由で断った。

エステティシャンのスケジュールは受付スタッフが管理しているため、本来は個人的な理由で断ることはできない。

しかし、ネイヴィルと会いたくない思いがある理央は、念のため前もって受付スタッフに頼み、怪我を理由にしばらく彼からの指名を断ってもらうようにしていた。

受付スタッフも最初は不審に思ったようだが、サロンに連絡をしてくるのはネイヴィルの秘書らしく、ネイヴィル本人に断るわけではないため、渋々ながらも了承してくれたようだ。

とはいえ、店長である桃井には、ネイヴィルの指名を断ったことをその都度、報告していたのだろう。
一、二回ならともかく四回も断ったとなると、桃井も黙っていられなくなったのか、厳しい表情で見返してきた。
「メンズは無理って、断っているのはネイヴィル氏だけでしょう？」

「ええ、まあ……」

桃井から痛いところを突かれた理央は、歯切れの悪い声をもらして視線を落とす。

「もしかして、ネイヴィル氏と顔を合わせたくないの？」

「実はそうなんです……あんなことになってしまって、合わせる顔がないというか……」

「その気持ちはわかるけど、理央ちゃんを指名してくださるんだから、怒ってないと思うわよ？」

「でも……」

理央の言い訳に理解を示しながらも、桃井は暗に指名を受けるよう迫ってくる。

「サロンとしては、ＶＩＰの機嫌を損ねるような真似はしたくないのよね。先方が指名を入れてくださるんだから、いい加減、我が儘を言ってないで受けてちょうだい」

彼女から厳しい口調で窘められた理央は、反論の余地もなくうなずき返した。

「はい」

「一度はお断りしたのに、こちらから指名をお受けしますって連絡するのもなんだから今回はいいけど、次に指名が入ったときはきちんと受けるのよ」

「はい」

桃井に一礼した理央は、トリートメントルームに向かう。

店長という立場にある彼女にしてみれば、いつまでもスタッフを甘やかしてはいられないのだろう。

ネイヴィルは数いるＶＩＰの中でもトップクラスであり、サロンとして失いたくない客なのだ。

　彼が他のエステティシャンでもいいと言ってくれるのなら別だが、今のところそう言い出す気配はないらしい。

「だいたい、休んでいるあいだ一度も連絡してこなかったくせに、なんで指名なんかしてくるんだよ」

　使用済みのベッドを整えるために、トリートメントルームに入った理央はしきりに首を捻《ひね》る。

　本当に自分を好きなら逃げ出したときに追いかけてきているはずであり、一週間も放っておくはずがない。

　青山で見かけた若い男は恋人もしくは遊び相手に違いなく、セックス面で不自由していないはずがないネイヴィルが、自分を指名してくる理由はひとつしか考えられなかった。

「いろんな男とセックスしたいだけなんだ」

　にわかに腹が立った理央は、荒っぽくベッドからシーツを剥《は》ぎ取り、くしゃくしゃと丸めていった。

「セックスならあの男ひとりで充分じゃないか」

　ネイヴィルと見つめ合っていた若い男の嬉しそうな顔が目の前にちらつく。

あの男にも自分と同じように愛の言葉を囁き、優しくしているのかと思うと、苛立ちが募《つの》ってきた。

青山で彼らを目撃したあとネイヴィルを忘れようとしたが、結局、頭の中から彼を消すことができなかった。

ことあるごとに彼の顔が浮かび、甘い囁きや交わした熱いキスを思い出しては、わけもなく身体を震わせた。

他に男がいながら愛していると真顔で言えるような男を、好きになってはいけない。

いずれ帰国してしまう男と幸せになれるわけがない。

何度も何度も自分に言い聞かせてきたが、ネイヴィルを忘れることはできなかった。

会えばまた心が揺らぐとわかっているから、顔を合わせないためには指名を断るしかなかったのだが、どうやら苦難の道はまだ続いているようだった。

「はぁ……」

自分ではどうにもしようがない虚《むな》しさに、丸めたシーツを両手でベッドに押しつけていると、ノックとともにドアが開いて桃井が入ってきた。

「理央ちゃん」

説教し足りなくてやって来たのかと、理央は思わず身構える。

「ネイヴィル氏が見えたわ。特別室にお通ししたから、すぐに行ってちょうだい」

「えっ？　でも、次のお客様が……」

「指名のお客様じゃないでしょう？　誰かに代わらせるから、早く行って」

桃井から急かされた理央は、しかたなくトリートメントルームを出た。

「もう……」

特別室に向かいながらも、気が進まないせいで足が重い。

何度も指名を断られて怒ったネイヴィルは、このままでは埒《らち》があかないと自らサロンに足を運んできたのだろうか。

なぜここまで執着してくるのか、放っておくならずっとそうしておいてほしかったというのが正直な気持ちだ。

「うーん……」

特別室の前まで来たが、どんな顔をして会えばいいのかを迷う理央は、ひとしきり考え込んだが答えは出なかった。

「失礼します」

諦めの境地《きょうち》でノックをしてドアを開けると、ゲスト用のソファに座っていたネイヴィルが立ち上がった。

「リオ、会いたかったよ」

微笑みを浮かべ、菫色の瞳で愛《いと》しげに見つめてきた彼が、ゆっくりと近づいてくる。揺らぐことのない瞳にゾクッとしたが、理央は惑わされてはいけないと自らに強く言い聞かせた。

「腕の傷はどうだ？」

あの日から電話の一本も寄越さなかったくせに、今になって傷の心配をする彼に、理央はちょっとした腹立ちを覚える。

しかし、彼はサロンの特別な客だ。ましてや、迷惑をかけた負《お》い目がある。心配されて無視はできなかった。

「その節は大変ご迷惑をおかけしました。おかげさまで、すっかり治りました」

姿勢を正して一礼した理央は、目の前に立ったネイヴィルに右手を掴まれる。

思わず身を引いたが、彼はかまわず手を強く握りしめると、腕の傷に目を向けてきた。

「美しい肌に痕が残らないよう祈っていたのだが、このぶんなら大丈夫そうだな」

「あ……あの……」

安堵の笑みを浮かべるネイヴィルを、言葉に詰まった理央は困惑気味に見返す。

「先日はどうして逃げたんだ？」

「それは……」

菫色の瞳に見つめられると、まるで魔法にかけられたかのように、身動きがいっさい取れなくなる。

「こんなに愛しているのに……」

甘い声音で囁いた彼に、握り取られた手をクイッと引かれ、抱きしめられるとともに唇を塞がれた。

「んっ」

唇が触れ合っただけで、にわかに胸がざわめく。

忍び込んできた舌先で口内をまさぐられ、感じてはいけないと自らに言い聞かせるが、勝手に身体が震えた。

なぜ、ネイヴィルの抱擁《ほうよう》とキスに、これほどまでにときめいてしまうのか。

なぜ、もっとと強請《ねだ》るようにキスに応じてしまうのか。

霞《かすみ》がかかり始めた頭では、もう考えることもままならなくなる。

「はふ……」

長いキスを終えたネイヴィルが、抱きしめる腕を緩めて見つめてきた。

柔らかに微笑む彼を目にした途端、身体の熱が高まるのを感じた理央は、居たたまれなくなって顔を背ける。

「リオ、どうして私を避けるのか教えてくれないか?」

背けた顔を捕らえた手で、そっと前を向かされた。

理央は唇を噛んで間近にある菫色の瞳をしばし見つめると、両手でネイヴィルの胸を押し返した。

「仕事を休んでいるあいだ梨のつぶてだったくせに、よく愛してるなんて平気で言えますね?」

「連絡をしなかったのは、少し間を置いたほうが落ち着くかと思っただけで、私はリオに会いたくてしかたなかった」

「見え透いた嘘をつかないでください。仕事を休んでいるときに、あなたが他の男性と仲睦《むつ》まじくしているのを見ました。他の男を相手にするので忙しくて、僕のことなど考えもしなかったのでしょう?」

腹立ち紛れにきつい口調で言い放った理央は、自分が嫉妬を丸出しにしたことにすら気づかないまま、彼から離れてトリートメントの用意を始める。

「ジェラシーか?」

嬉しそうに笑いながら指摘され、さらに声を荒らげる。

「嫉妬などしていません」

「私にはリオしかいない。リオ以外の男には目もくれないと断言できる」

ムキになっている理央とは対照的に、ネイヴィルは弁解しながらも慌てた様子がない。

その冷静さに腹立ちが募り、冷ややかな視線を向けた。

「その言葉をどうやって信じろと言うのですか？　若くてとても可愛らしい感じの日本人男性の肩を抱いて、目尻を下げて髪を撫でたりしているのを、僕はこの目で見たんです」

嫌《いや》みたっぷりに言い放つと、彼は腕を組んで考え込んだ。

目撃したのは十日ほど前のことだ。いくらなんでも記憶に残っているだろう。

相変わらず愛を囁いてきた彼が、どんな言い訳を口にしてくるのか見物だった。

「なにが誤解があるようだな。君が言っているのは、私の秘書のことではないか？」

なんとも下手な言い訳に、理央は笑いが込み上げてくる。

あの男性を秘書と言って納得すると、本気でネイヴィルは考えているのだろうか。

「服を脱いで横になっていただけますか？」

相手をするのも馬鹿らしくなった理央が急かすと、彼は気難しい顔をしながらもソファに戻って服を脱ぎ始める。

特別室の中には専用の更衣室が設けられている。扉一枚で繋がる部屋に案内しなかったのは、できるだけ無駄な時間を省《はぶ》きたい思いからだ。

とはいえ、上等な三つ揃いを椅子の背に掛けさせるわけにはいかず、理央は自ら更衣室に行ってハンガーを取ってきた。

「お預かりしますので、ベッドへどうぞ」

ネイヴィルをベッドに促し、彼が脱いだ服をハンガーに掛けて更衣室に運んだ。

急ぎ戻ってくると、すでに彼は俯せになって枕を抱き込み、横向きで頭を預けていた。

「失礼します」

大判のバスタオルでネイヴィルの腰から下を覆い、キャビネットの前に立つ。

特別室はスイートルームに似た贅沢な造りになっている。

高い天井から下がるシャンデリア、白を基調にして揃えたアンティーク家具、ひときわ豪華な施術用ベッドなど、特別な客のために贅《ぜい》を尽《つ》くしていた。

そして、トリートメントに必要なすべてのものが、この室内に最高の条件で調えられている。

理央は保温器で一定の温度に保たれているオイルを手に取り、ネイヴィルの背中に塗り広げていく。

「君と同じくらいの年齢の日本人で、私のそばにいる男は秘書しか考えられないんだが、信じられないのか？」

　顔をこちらに向けているネイヴィルが話しかけてきたが、秘書と言い張る彼の言葉に理央は耳を貸さなかった。

「痛いようでしたら、遠慮なく仰ってください」

「リオ、なぜ私の言葉を疑う？　君が見たのは私の秘書だ」

　理央がベッドに沿って移動すると、頭を起こした彼が目で追いかけてくる。

　このような状況では、トリートメントを行ったところで、リラックスできないだろうが、彼は中断させることなくベッドに横たわっていた。

「そこまで仰るのでしたら信じましょう。しかし、その秘書と恋人のように仲睦まじくしていたことは、どう説明するのですか？　僕はこの目ではっきりと見たんですよ」

「私たちがどこでなにをしているときにリオが見たのか知らないが、私は自分の秘書に手を出すほど愚《おろ》かではない」

　珍しくネイヴィルは声を荒らげてきたが、彼の言葉を信じて傷つきたくない理央は聞き流す。

「んん……」

　背骨の両脇に親指を添えた理央が、首に向かって押し上げていくと、小さく呻《うめ》いた彼は口を閉ざしてしまった。

頭を枕に預けて目を閉じた彼は、軽い圧迫感をともなう心地よさに負けたようだ。

ネイヴィルが静かになったことで安堵した理央は、時間をかけて筋肉のひとつひとつを解《ほぐ》していく。

彼の言葉が信じられたのなら、形のよい筋肉がついた身体に触れる幸せを、心から楽しむことができるだろう。

どこまでも臆病で、猜疑心が強いゆえに、大きな過《あやま》ちを犯《おか》しているのではと、そう思うことがある。

ネイヴィルに惹かれているからこそ、彼の優しさと愛を素直に信じられたら、どれほど楽だろうかとも思う。

失恋によって深手を負った心はいずれ癒《い》えるのか。それとも、一生、癒えることなく、誰とも愛し合えないまま終わってしまうのか。

どちらにしても、恐怖心を取り除けないかぎり、恋愛などできそうにない。そして、それを取り除く方法を知る由《よし》もない理央に、明るい未来はなさそうだった。

9

仕事を終えた理央は、達川をホテルのバーに誘った。

先輩たちとワイワイやるのも楽しいものだが、やはり同年齢の彼女と二人きりのほうが気兼《きが》ねなく酒が飲めるのだ。

〈クイーンズ・コンチネンタル・銀座〉の最上階ということもあり、格式が高い本格的なバーにもかかわらず、なぜか若い年代の女性に人気があった。

金曜日の夜ともなると深夜まで満席状態が続くのも珍しくなく、もしかすると今夜は待たされる羽目《はめ》になるかもしれなかったが、とりあえず最上階まで来てみた。

幸いにも、入り口の脇に置かれている順番待ちの椅子には誰も座っていない。

笑顔で迎えてくれた馴染みのボーイに二人で来たことを告げると、すぐに店内に案内してくれた。

「あっ」

窓際の席に通された理央が座ろうとすると、小さな声をあげた達川がポンポンと肩を叩いてきた。

「なに？」

「ネイヴィル氏よ」

達川がこっそり指さした方向に視線を向けると、あろうことかネイヴィルと先日の若い男が窓ガラスに面したカウンター席で肩を並べていた。

互いに身体を少し斜めにし、顔を見合わせながら酒を飲んでいるばかりか、ネイヴィルは男の腰に手を添えている。

「なにが秘書だよ」

ネイヴィルを睨みつけながら小さな声で吐き捨てた理央は、硬く握り締めた拳《こぶし》を振るわせた。

若い男がただの秘書でしかないという昨日の弁明《べんめい》を、完全に信じたわけではない。

しかし、心のどこかで信じたいと思っていたのも確かであり、いまだ彼に対する思いを捨てきれないでいたのだ。

すでに腰を下ろした達川が、いつまでも立っている理央を不思議そうに見上げてくる。

「お客様がいると気を遣うから場所を変えよう」

きょとんとした達川の手を掴み、半ば強引に立ち上がらせた理央は、オーダーを取りに来たボーイに詫びてドアに向かう。

「席も離れてるし、お酒を飲むくらいならいいんじゃないの？」

「うん、でも……」

曖昧な返事をして振り返ると、こちらを見ているネイヴィルと目が合った。

彼とのあいだにはかなりの距離があるが、相当、驚いた様子なのが容易《ようい》に見て取れる。

後ろめたさからくる驚きだと感じた理央は、彼を一瞥して前に向き直った。

「久美ちゃん、どこ行きたい？」

「どこでもいいよ、理央ちゃんに任せる」

「じゃあ、この前、一緒に行った京橋の店にしようか？」

一刻も早くバーから離れたい理央は、達川の腕を取って足早にエレベーターホールに向かう。

「リオ」

大きな声で呼ばれてギクリとしたが、理央は振り返りも立ち止まりもしない。

「理央ちゃん、挨拶くらいしなくていいの？」

達川の心配そうな声すら無視して、ただひたすら前を見て大股で歩く。

社長と秘書が一緒に酒を飲んでいてもおかしくはない。しかし、親密な様子の彼らは主従の関係を超えているようにしか見えなかった。

一緒にいた男が秘書だと弁解した翌日、ばったり遭遇する可能性があるホテル内で酒を飲みながらいちゃつくネイヴィルの神経を疑う。

慌てて追いかけてきた彼はまた弁解するつもりだろうが、その場をしのぐためなら平気で嘘をつくような男の話に耳を貸すつもりは毛頭なかった。

達川を引っ張ってエレベーターホールまで来た理央は、慌ただしく柱のボタンを押し、焦れた思いで到着するのを待つ。

「リオ、待ってくれ」

諦めることなく追いかけてきたネイヴィルに背後から腕を掴まれ、有無を言わさぬ勢いで振り返らされる。

「離してください」

理央はきっぱりとした声で言い放ち、彼の手を振り払おうとしたが、そう容易には自由にならなかった。

「リオ、君に秘書を紹介したい。見たというのは彼のことだろう?」

「けっこうです」

「なぜだ？　どうして私の話を聞こうとしない？」

「言い訳なんか聞きたくありません。どうせあなたは嘘しかつかないんだ」

ネイヴィルの腕を掴んで押しやろうとすると、逆にその手を掴まれてしまい、理央は目をつり上げて睨みつける。

最上階に到着したエレベーターの扉が開いたが、場所も憚《はばか》らず言い合いを始めた二人を前に、オロオロしている達川は乗り込もうとしない。

「どうあっても信じられないと言うのなら、信じさせるまでだ」

きつく腕を掴んだネイヴィルに、理央はエレベーターの中に連れ込まれた。

「なにするんだよ！」

声をあげながら逃げようとあがくが、彼の手から逃れることができない。

「お嬢さん、申し訳ないが彼をお借りしますよ」

ネイヴィルが丁寧に詫びて微笑むと、あろうことか達川はコクリとうなずき返した。

状況が把握できていないうえに、サロンのＶＩＰが相手ではそうするしかなかったのかもしれないが、彼女から見放されたも同じ理央はおおいに慌てる。

「久美ちゃん……」

必死に呼びかけたが、ネイヴィルにエレベーターの扉を閉められ、声は達川に届かないまま消えた。

「あなたの話なんか聞きたくない。さっさとあの男のところに戻ればいいでしょう」

理央が二人きりのエレベーターの中で大声をあげると、彼がいつになく不機嫌そうに睨みつけてくる。

「私は不貞《ふてい》を働くような男ではない。愛しているのはリオだけだ。これからそれをわからせてやる」

厳しい口調で言い放った彼には、いつもの優しさが感じられないばかりか、掴まれた腕に指先が食い込んでいる。

本気で怒っているのはあきらかであり、別人と化している彼に対して理央はにわかに恐怖を覚えた。

「来い」

カクンと軽く揺れて止まったエレベーターの扉が開くなり、腕を掴むネイヴィルにホールへと引っ張り出される。

逃げ出すこともできないままロイヤルスイートに連れて行かれ、メインベッドルームの大きなベッドに放り出された。

「動くな」

もんどり打って仰向けになった理央は慌て起き上がろうとしたが、ネイヴィルから一喝《いっかつ》されて身体が萎縮してしまう。

「私の愛が本物だと信じるまで、存分に可愛がってやる」

唇の端を引き上げた彼が、ベッドに片膝をついて上がってきた。

身体が硬直している理央は、迫り来る彼を恐怖におののきながら見つめる。

「やだ……」

腰を跨いだ彼がシャツのボタンを外しにかかったが、小さな声をもらすのが精一杯で抗《あらが》うこともできない。

瞬く間になだらかな胸を露わにした彼は、勢いよくシャツを上に引っ張った。

理央は自然と万歳をする格好になり、大きく胸が反り返る。

「ジェイ？」

脱がしたシャツで両の手首を縛られ、さらには腕と頭のあいだに枕を押し込まれた理央は、両手の自由を奪ったネイヴィルを、驚愕の面持ちで見上げた。

「楽しませてやるだけで荒っぽいことをするつもりはないが、それでも叫ぶような真似をしたら、この可愛くて憎たらしい口も塞ぐ」

不敵な笑みを浮かべた彼に指先で唇をなぞられ、恐ろしさのあまり硬直した身体が小刻みに震え出す。

「怖いのか？　心配することはない。私は、根は優しい男だ」

そう言いながら尻を膝までずらしたネイヴィルは、理央が穿《は》いているパンツの前を開くと、下着とともに膝まで引き下ろす。

一気に股間が露わになり、なにをされるかわからない恐ろしさに震えが激しくなった。

股間を隠したいが、自由を奪われた手は使えない。身を捩ろうにも、膝の上に乗られていては動きに限界がある。

為《な》す術《すべ》がない状況に涙を浮かべた理央は、やめてくれと頼もうとするが、乾いて張りついた喉からは声すら出てこなかった。

「ここは最後まで取っておくか」

股間を見下ろすネイヴィルに、縮こまっている中心部分の先端を指で弾かれた。

「ひっ」

恐怖に理央の腰がビクンと跳ねる。

「こんなにも理央を愛しているのに、なぜ信じられないのか……」

理解し難いといった顔でつぶやきながら、靴を脱いで床に放り投げたかと思うと、自ら服を脱ぎ始めた。

上着、ベスト、ネクタイ、シャツと躊躇《ためら》うことなく脱いでは放っていき、続けて腰を浮かせてすべてを脱ぎ捨てると、改めて理央の両足に体重をかけてきた。

「リオ……」

胸に置いた両手で何度か肌を撫で回されたあと、両の乳首を同時に摘まれる。

そのまま軽く引っ張られ、ツキンとした痺れがそこから走り抜けた理央は、唇を噛んであごを上げた。

こんな状態で感じるはずがない。怯えて萎縮《いしゅく》した身体が反応するわけがない。なにより も、酷い扱いをするネイヴィルの愛撫に感じたくなかった。

しかし、刺激を受けて硬く凝った塊を指先で転がされた途端、あきらかな快感が胸全体に広がり、勝手に甘い吐息がもれる。

「あぁ……」

理央がもどかしげに上体をくねらせると、反応のよさに満足したのか、ネイヴィルが小さく笑った。

「相変わらず感度はいいようだな」

散々、弄《いじ》り回した左右の乳首を、親指の腹でキュッと押しつぶされ、軽い痛みを伴う快感に理央の下腹が波打つ。

「どんなふうに愛されたい？　してほしいことがあるなら言ってみるといい」

身体を重ねてきたネイヴィルに、吐息混じりの囁きで耳をくすぐられた。

甘い声音と、肌を撫でる優しい手の動きに、怒りにまかせて乱暴をする気ではないらしいと察したが、同時に強引なやり方に反感を覚えた理央はそっぽを向く。

「望みがあるなら叶えてやろうと思ったのに残念だ」

口にした言葉とは裏腹に、彼はまたしても小さく笑うと、理央のあごを掴んで顔を正面に戻し、おもむろに唇を塞いできた。

「んっ」

避ける間もなく唇を奪われ理央は必死に歯を噛みしめたが、乳首をキュッと摘まれて口元が緩んでしまう。

ネイヴィルはその瞬間を逃すことなく、すかさず舌を差し入れてくると、好き勝手に口内をまさぐり始めた。

理央はけっしてキスに応じるつもりはなかったが、器用に動く舌先に難なく舌を搦め捕られる。

「う……ん」

舌を強く吸われて頭が枕から浮き上がった。顔を背けて唇から逃れたいが、大きな手であごを掴まれていてはそれもできない。

「んふっ」

唇を重ねたまま指先で乳首を転がされ、理央は鼻にかかった甘ったるい声をもらしながら身体を震わせる。

頭ではどんなに嫌だと思っていても、巧《たく》みなキスと愛撫に身体が熱くなっていく。

股間のあたりがムズムズし始め、無意識に太腿を擦り合わせると、足へと手を移したネイヴィルに膝下で止まっていた下着とパンツを脱がされた。

さらには、膝を引き上げた彼に靴と靴下を次々に脱がされ、ついに理央は一糸まとわぬ姿になる。

そのあいだも唇は離れることなく、執拗に繰り返されるキスに頭の中が白み始めていた理央は、剥き出しになった脚を大きく広げられてもまったくの無抵抗だった。

「んんっ、んっ」

内腿を柔らかなタッチで撫でられ、唇を塞がれている理央は苦しげに身悶える。

膝裏から腿のつけ根のあいだを手が往復するたびに、身体の中でさざ波が立ち、足先から力が抜けてだらしなく外に開いた。

「リオだけを愛している。私を信じろ」

キスを終わりにして耳元で囁いたネイヴィルが、唇を首筋から胸へと移していく。

さきほど指先で弄られた小さな塊が、今度は唇と舌で弄《もてあそ》ばれる。

内腿を撫でられているだけでも気持ちいいというのに、凝《しこ》った乳首を舌先で転がされると、うっとりするほど心地よい快感が全身に広がっていった。

「あぁ……」

身を捩りながら喘ぐ理央は、頭の片隅で感じてはいけないと思っていながら、与えられる快感に溺れていく己《おのれ》を抑えられない。

ネイヴィルは口先だけで愛を囁く不誠実な男だとわかっているが、なぜか身体は彼を求めて熱く疼いた。

「んっ……ぁ……あっ」

脇腹や下腹を音が立つほどに強く吸われると、そのたびに腰が浮き上がる。

どこもかしこも性感帯になったかのように、ネイヴィルの愛撫に敏感に反応した。

裸にされた時点では小さくなっていた中心部分が、いつの間にか頭をもたげている。

下腹からさらに唇を下へと移動させていった彼が、柔らかな繁《しげ》みを啄《ついば》んでいく。

理央は肌が引き攣れる感覚に身悶えるが、彼は執拗に繁みを啄み、唇を押しつけるを繰り返した。

すっかり勃《た》ち上がっているというのに、いっこうに触れてもらえない己自身が、物欲しげに揺れ動く。

下腹の奥の疼きは激しさを増すばかりで、全身の熱がかってないほど高まっている。

肌への愛撫だけでは我慢できそうになくなった理央は、ついに頭を起こしてネイヴィルを呼んだ。

「ジェイ……」

繁みに唇を押しつけたまま見返してきた彼と目が合う。

そのまま菫色の瞳で見つめてくる彼は、早く望みを口にしろと言いたげだ。

初めて身体を重ねたときは、二度と会うこともない相手だと思っていたせいか、躊躇うことなくねだったが、今は羞恥心が邪魔をする。

たった一言「触って」と口にするのが恥ずかしい理央は、焦れたように腰を揺らめかしながらも唇を噛む。

フッと目を細めたネイヴィルは再び視線を落とし、繁みへのキスを再開させる。

どうやら望みを口にしなければ、どこよりも触れてほしい場所を本気で後回しにするつもりらしい。

「やっ……ぁあ……」

腿のつけ根へと唇を移した彼が、柔らかな皮膚を強く吸い上げ、さらには内腿を柔々と撫で回す。

反り返るほどに硬くなった理央の中心部分が、激しく脈打ちながら甘い蜜を滴らせる。触れられてもいないというのに、弾けんばかりに張り詰めた己自身を、理央は自らの手で一気に扱《しご》き上げたい衝動に駆られる。

しかし、万歳の格好で両手の自由を奪われていては、自分で触ることもできない。

ネイヴィルが愛撫をすることに飽きるまで、熱い塊は置き去りにされ、達することも叶わないのだ。

「あぁ、あ……」

いつまでも続けられる執拗な愛撫に、気が変になってしまいそうなほど追い詰められている理央は、再び頭を持ち上げると切羽詰まった声で呼びかけた。

「ジェイ……お願い……」

内腿に顔を埋めていたネイヴィルがゆっくりと頭を起こし、濡れた唇を舐めながら、なにか用かと言いたげに首をわずかに傾げた。

あくまで焦らすつもりらしい彼の態度に、もう理央は恥も外聞もかなぐり捨てるしかなかった。

「僕の……触って、イキたい……我慢できない」

必死の形相《ぎょうそう》で懇願《こんがん》し、早くとねだるように腰を突き上げる。

その拍子に硬く張り詰めた中心部分が激しく揺れ動き、先端に溜まった蜜が糸を引いて下腹に零れるのが見えた。

あさましい己の姿を直視できずに、目を逸らして頭を枕に落とすと、ネイヴィルが身体を起こして片手をベッドについた。

「逃げ出さないと約束するなら願いを叶えてやろう」

彼が真っ直ぐに見下ろしてくる。

一刻も早く触ってほしい理央は、間髪を入れずにコクコクとうなずき返した。

「いい子だ」

頬を緩めたネイヴィルは両手を拘束するシャツを解くと、背中越しに抱きしめてきた。

手が自由になって安堵すると同時に、待ち侘びて震える中心部分を握り取られ、下腹の奥がキュンとなる。

「少しも我慢できないくらいなのか？」

耳元で問いかけられ、コクンと一度だけうなずいた。

「では、ここでまた焦らしたらどうなる？」

恐ろしい言葉を耳にした理央は、抱きしめる腕の中で咄嗟に寝返りを打つ。

熱い塊と化している己に触れている状態で、さらに焦らされるのは死ぬほど辛い。

同じ男であるネイヴィルはその辛さを理解しているはずだが、こちらが黙っていたら今夜の彼は言葉どおりにしかねない気がした。

「願いを叶えてくれるって、そう言ったじゃありませんか……」

早く達したい理央は、戒《いまし》めの痺れが残る両手を彼の首に回してしがみつく。

「冗談だよ、愛しいリオに意地悪などしない」

「嘘ばっかり……」

先ほどまで散々、意地悪く焦らされただけに、顔を上げた理央はなにを言っているのかと彼を睨んでしまった。

「あれは意地悪ではなく、リオを愛するがゆえだ」

そう言って笑ったネイヴィルが組み敷いてくる。

急な動きに目を見開いて見返すと、彼は重ねた身体のあいだに手を差し入れ、硬く張り詰めた互いのモノを一纏《ひとまと》めに握った。

「あっ」

己自身に彼の熱を感じ、理央は胸を高鳴らせる。

「愛するリオ……私と一緒に天国へ行こう」

ひとしきり熱っぽい菫色の瞳で見つめてきたかと思うと、彼は理央の肩口に顔を埋め、唇を首に押し当ててきた。

「ジェイ……」

ネイヴィルを抱きしめたい衝動に駆られた理央は、広い背に両手を回してすべてを彼に委ねる。

そうされたのがよほど嬉しかったのか、彼が弾かれたように手と腰を動かし始めた。

互いのモノを一緒に扱きながら、くびれたあたりが擦れ合うように調節しながら腰を上下させる。

「あぁ……」

単純に手で扱かれるのとも、口淫《こういん》とも違う感覚に、勝手に腰が揺らめく。

互いの熱と溢れる蜜が融け合い、なんとも言い難い快感が湧き上がった。

「愛してる……」

耳をかすめたネイヴィルの甘い囁きに、身体の熱と触れ合う中心部分の熱がますます高まる。

「ジェイ……ジェイ……」

射精感が下腹の奥からせり上がり、限界が間近に迫った理央はよりいっそう激しく腰を揺らす。

「イクか？」

問われた理央がコクンとうなずき返すと、ネイヴィルが唇を塞いできた。

「んんっ」

いつになく情熱的なキスを交わしながら、腰と手の動きを速めてくる。

身体が燃えるように熱くなり、射精が我慢できなくなった理央は、彼の唇を貪《むさぼ》りながら頂点を迎えた。

「っん」

察したネイヴィルが唇を離し、片腕にしっかりと抱き留めてくれる。

「リオ……」

吐精する中、感極《きわ》まったような声が耳に届き、すぐに下腹に熱い飛沫《しぶき》を感じた。

ほぼ同時に昇り詰めたネイヴィルが、額を理央の肩に預けてくる。彼の背に回した理央の両手が、脱力してベッドに滑り落ちた。

「はぁ、はぁ……」

目を閉じた理央は肩で荒い息をつきながら、欲望を解き放ったあとの心地よさに浸っている。

彼の頭が浮くのを感じて目を開けると、投げ出した手を握り取って引き寄せた彼が指先に唇を押しつけてきた。

愛しげに見つめてくる彼と視線を絡め合った理央は、疲労の色が浮かぶ顔に笑みを浮かべてみせる。

「愛してる」

囁きながら優しく微笑んだネイヴィルに、きつく抱きしめられた。

「これで終わったわけじゃない。わかっているな?」

背に回した手を尻へと滑らせた彼に、指先で秘孔をスッと撫でられる。

互いに達したばかりだというのに、先の行為へと進もうとする彼に呆れながらも、理央はわかっているとうなずき返す。

ネイヴィルが触れた場所は、執拗な愛撫の最中から、熱い塊を求めてあさましく疼き続けていたのだ。

「長い夜になりそうだ」

楽しげに言った彼が、またしてもきつく抱きしめてくる。

どうやら、性急に次の行為を始めるつもりはないらしく、頬や額にキスの雨を降らせ、優しく髪を撫でてきた。

彼の胸の顔を預けた理央は、まだ収まらない荒い呼吸をゆっくりと整えながら、全身にくまなく広がる余韻に浸っていた。

10

「うん……」

柔らかなベッドの中で寝返りを打った理央は、なにかに顔が当たったのを感じて目をパチッと開けた。

「起きたのか？」

目の前にある白い肌から、声がした方向へと視線を移す。

「おはよう」

枕を背に挟んでヘッドボードに寄りかかっているネイヴィルが、にこやかに微笑んで見下ろしてくる。

目が合った途端に、理央はとてつもない羞恥心に襲われ、上掛けを捲ってベッドから飛び出そうとしたが、手を伸ばしてきた彼に引き戻された。

「あ……あの……」

「なぜ逃げ出そうとする？　私の愛を信じてくれたのではないのか？」

手を握って指を絡めてきたネイヴィルからさも不思議そうに首を傾げられ、理央はおおいに困惑する。

彼を本気で好きになっているのは間違いない。だからこそ、昨晩は彼の腕の中で乱れ、存分に快楽に溺れた。

しかし、自分でも臆病すぎるとわかっているが、まだ彼の愛を信じ切れないのだ。

「ったく……」

突然、彼は大きなため息をもらすと、サイドテーブルの上にある携帯電話を取り上げ、すぐに操作し始めた。

「おはよう、私だ。今どこにいる？」

誰と話をしているのかがわからない理央は、身体を起こして不安げにネイヴィルを見つめる。

「すまないが、すぐに寝室まで来てくれ」

話を終えたネイヴィルは、携帯電話をサイドテーブルに戻し、ベッドを出てバスローブを羽織った。

電話の相手が誰かは知りようもないが、間もなくここに誰かが来るということは理央にも理解できた。

なぜ今ここに人を招かなければならないのかと、デリカシーの欠片《かけら》もないネイヴィルに怒りを覚えたが、裸でベッドにいる場合ではないと焦りが募った。

理央は慌ててあたりを見回して自分の服を探したが、着替えを見つけるより先にドアがノックされた。

「失礼します」

ドアを開け、一礼して入ってきたのは、なんと先日、目撃した若い男だった。

きちんとネクタイを締めたスーツ姿で、ネイヴィルから言われてカットしたのか、髪が先日より少し短くなっている。

ベッドの中で呆然と男を見つめた理央は、こちらの存在に気づいた彼がハッと息を呑むのを目にすると、慌てて上掛けを首まで引っ張り上げる。

ネイヴィルのベッドに裸でいるのを見た彼が、どう思ったかは訊ねるまでもなく、理央は恥ずかしさに顔ばかりか身体まで赤く染めた。

「ジェイ……」

とんでもないところに呼ばれてさぞかし驚いたのだろう、若い男は困惑も露わな顔でネイヴィルを見返す。

「彼はリオだ。私が愛する唯一の存在なのだが、君との関係を疑っているらしく、私の愛を信じてくれないんだ。君から誤解を解いてくれないか？」

バスローブを身に纏《まと》い、ベッドの端に腰を下ろしたネイヴィルが、若い男を見上げて肩をすくめる。

若い男は一瞬、迷ったようだが、ネイヴィルに一礼すると理央に向き直り、改めて頭を下げてきた。

「はじめまして、私はネイヴィル社長の秘書をしております、荒木《あらき》浩一《こういち》と申します」

自己紹介をした荒木は、上着の内ポケットから名刺入れを取り出すと、理央に歩み寄ってきた。

「どうぞ、よろしく」

にっこりと微笑み、慣れた手つきで一枚の名刺を差し出してくる。

あまりの礼儀正しさに、コソコソと上掛けの中から手を出した理央は、彼の手から名刺を受け取った。

「三久保理央です」

名乗りはしたが、恥ずかしくて目を合わせられない。

「あの……社長との仲を疑っていらっしゃるとのことですが、私は本当にただの秘書ですので、四六時中、おそばにいることもありますが、誤解なさらないようお願いします」

丁寧な口調で説明をしてきた荒木は、一呼吸置くと、さらに続けた。

「一度、抱かれた疑いを晴らすのは簡単ではないと思います。しかし、はっきり申しあげますと、私は再来月、結婚をする身ですので、社長との関係を疑われるのは心外というか迷惑です」

「す……すみませんでした」

荒木にきっぱりと言われて思わず詫びた理央は、居たたまれなくなって項垂れる。

「ご納得いただけましたでしょうか？」

確認された理央が項垂れたまま小さく「はい」と答えると、荒木はベッドのそばを離れていった。

「急に呼び出して、すまなかった」

ベッドから腰を上げたネイヴィルが、ゆったりとした足取りで荒木に歩み寄る。

「八時半には車を出しますので、遅れないようお願いします」

「わかってる」

「下がってよろしいですか？」

「ありがとう、もういいよ」

荒木の背中に手を添えて寝室の外へと送り出したネイヴィルは、ドアを閉めるとベッドに戻ってきた。

「彼とはなんでもないとわかっただろう？」

理央のすぐ脇に腰を下ろした彼が、顔を覗き込んでくる。

「私の愛を信じてくれるね？」

そっとあごに伸ばしてきた手で、顔を上向かされた。

荒木が嘘をついているとは到底、思えず、確かに誤解は解けた。しかし、それですべてが解決したわけではない。

「僕は……」

理央が踏ん切りの悪い声をもらすと、ネイヴィルは菫色の瞳を曇らせる。

「まだ信じられないというのか？　なにがそこまでリオを疑い深くさせるんだ？　私はリオだけを愛している。それがどうして信じられない？」

「すみません……」

苛立ちを露わにしてきた彼を前に、理央は好きな人の言葉を信じられない臆病な自分が情けなくなる。

「教えてくれ、どうしたら私の愛を信じてもらえるのか、それを教えてくれ」

肩を掴んできた彼に、大きく身体を揺さぶられた。

普段は自信に溢れている彼の声が、今はどこか悲しげで、理央は激しく胸が痛む。

ネイヴィルが好きだからこそ、彼の愛を信じたいのだが、過去の辛い思い出のせいで素直になれない。

「リオ……」

再度、ネイヴィルに肩を揺さぶられた。

どうすれば呪縛《じゅばく》から解き放たれ、躊躇うことなく彼の胸に飛び込めるのか、いまだそれがわからない理央は、とにかくすべてを打ち明けてみようと心に決めた。

「すみません……僕は怖いんです……」

伏し目がちに話し始めた理央がいったん言葉を切ると、ネイヴィルは首を傾げながらも黙って先を促してきた。

「僕はスイスで働いていたときに、ある男性を好きになりました……」

どこまで教えていいものかを迷いつつも、彼の地での出来事を訥々《とつとつ》と話して聞かせた。

その程度のことでと、一笑《いっしょう》に付《ふ》されるかもしれないが、愛を簡単に信じられない理由だけでも彼には理解してほしかった。

「それで、私がその男と同じようにリオを捨てると思ったのか？」

話を聞き終えたネイヴィルは、笑いもしなければ呆れもしなかった。険《けわ》しい表情を浮かべる彼は、不誠実な男と同等に見られていたのを、残念に思っているようでもある。

「だって……ジェイはいずれ帰国してしまうではありませんか。愛する人に置き去りにされるのはもう嫌なんです」

「それはそうだが、私はそれきりにするつもりなど毛頭ない」

帰国することを認めながらも、キッパリとした口調で自分は理央を傷つけた男とは違うと言い切った。

「ジェイ？」

いったいどうするつもりなのかと、理央が訝しげに見返すと、ネイヴィルは目を細めてそっと頬に触れてきた。

「愛するリオのためなら、専用ジェットでいつでも東京に飛んでくる」

「忙しく世界中を飛び回っているくせに、そんなことできるわけありません」

理央は不満を露わにする。

いくら愛する者のためとはいえ、企業のトップの座に就《つ》くネイヴィルが実行に移すのは難しいはずだ。

本来であれば、そこまでしてくれるのかと歓喜したいところだが、猜疑心が強くなっている理央は口先だけの言葉に感じてしまった。

喜ばせるつもりで発言したであろうネイヴィルは、理央の反応に渋い顔で考え込む。

「では週に一度ではどうだ？」

新たな提案をしてきた彼に、理央は疑いを残した視線を向けた。

「とんぼ返りになるときもあるだろうが、週に一度は必ずリオのもとにやってくると約束しよう」

「本気で言ってるのですか？」

ネイヴィルは柔らかな笑みを浮かべているが、理央はまだ信じられないでいる。

国内での遠距離恋愛ならまだしも、オーストリアを拠点として仕事をしている彼が、週に一度、来日するなど不可能に近い。

しかし、彼は考えを変えるつもりがないのか、両手で頬を挟み取ると真っ直ぐに見つめてきた。

「リオを愛していると何度も言ってるだろう？　私だって何週間もリオに会えないのは辛いんだよ。私の愛を信じて、私の恋人になってくれるね？」

もういい加減、信じてくれてもいいだろうと言いたげに、ネイヴィルは真剣な眼差しを向けてくる。

これほどまで執拗に疑われながらも、嫌気が差すこともなく愛していると言ってくれる彼を信じたいのだが、深く宿った猜疑心がうなずき返そうとする理央を邪魔した。

「あの……」

「なんだ？」

「行く先々で同じようなことを言ってませんよね？」

この期《ご》に及んでまで理央が疑いの目を向けると、さすがにネイヴィルは呆れきった声をもらした。

「まったく……リオを愛しているのに、他の誰かに目を向けるわけがないだろう？　リオには、私がそんな馬鹿な真似をするような男に見えるのか？」

彼は口調こそ優しかったが、よほど心外だったのか不愉快そうな顔をしている。

初めて目にする彼の表情に、自分の言葉のひとつひとつに、彼が傷ついているのだと理央は今さらながらに気づく。

恋愛に対して臆病になっているがゆえに、すべてに疑いを持ってしまう。自分の中に愛が芽生《めば》えているにもかかわらず、傷つくことを恐れて一歩踏み出せないできた。

失恋で負った痛手が尾を引いているとはいえ、愛を疑うことで本当に自分を愛してくれている人を逆に傷つけていた。

「僕はあなたを愛している……もう疑ったりしません。これまで口にした酷い言葉の数々を許してください」

ようやく素直になれた理央が真摯な瞳を向けると、ネイヴィルは満面の笑みを浮かべ、感極まったように両手でギュッと抱きしめてきた。

「リオ……」

そのままベッドに押し倒してきた彼を、理央は驚きの顔で見返す。

「ジェイ？」

「愛してる」

甘い囁きを耳に吹き込み、片手を内腿に滑り込ませてきたが、理央はその手をそっと押さえた。

「あの……仕事の時間が……」

「ん？　何時に出社しなければならないんだ？」

勘違いしてこちらを気遣ってきたネイヴィルに、苦笑いを浮かべつつ答えを返す。

「僕は十時なのでまだ大丈夫です。でも、ジェイは……」

「私は支度に三十分あれば充分だ。まだ楽しむ時間はあるだろう？」

彼は気にするなと笑い、理央が押さえていた手をさらに奥へと進めた。

心置きなく抱き合える悦《よろこ》びを、いますぐにともに分かち合いたいのだろう。

そうした気持ちが伝わってきた理央は、両手を彼の背に回したが、ある疑念が脳裡を過ぎって小さな声をあげた。

「あっ……」

「まだなにか気になるのか？」

呆れ気味にため息をもらした彼が、焦れたように顔を覗き込んでくる。

「荒木さんって、もしかしてこのロイヤルスイートに泊まられているんですか？」

「泊まったり泊まらなかったりだ。リオが来ているときにいたことはない」

「でも、さっきは……」

理央は眉根を寄せてネイヴィルを見返す。

彼が電話をかけてから荒木が寝室に現れるまで、ものの数分とかからなかったことを考えると、このロイヤルスイートのどこかにいたとしか思えなかった。

「今日は朝から出かける用事があったから、早めに来て別室で待機《たいき》していただけだろう」

説明をしてくれるネイヴィルは、なにをそんなに気にしているのだと言いたげだが、確認せずにはいられない理央はさりげなく寝室のドアに目を向ける。

「じゃあ、今も室内にいるってことですよね？」

「わかった、わかった。彼はたぶん一番奥の寝室にいるだろうし、そこまで声が届くとは思えないが、リオが気にするなら場所を変えよう」

わざとらしく大きなため息をついた彼は、ベッドから起き上がると、その場でバスローブを脱ぎ捨てた。

「ジェイ？」

「どうせシャワーを浴びる必要があるんだから、一石二鳥だろう？」

笑いながら言ったネイヴィルに、理央は裸のまま抱き上げられる。

「あっ」

いきなりのことに驚いて小さな声をあげたが、抗うつもりがない理央は大人しく彼の首に両手を絡めた。

荒木はロイヤルスイートの一室で待機しており、ネイヴィルと愛し合うことには後ろめたさを禁じ得ない。

しかし、ネイヴィルと深い関係にあることを荒木に知られてしまったと思うと、声さえ聞かれなければいいかという気がしてきたのだ。

いったん開き直ってしまえば、羞恥心も消えてしまい、時間の許す限り彼と一緒にいたいと思った。

メインベッドルームには専用のシャワーブースが設けられている。シャワーしかついていないとはいえ、充分な広さがあるガラス張りの豪華な造りだ。

抱き上げたままドアを開けて中に入ったネイヴィルは、理央を床の上に静かに下ろすとすぐにシャワーのコックを捻った。

勢いよく湯が飛び出し、瞬く間にブースの中に湯気《ゆげ》が立ち込める。シャワーの激しい音が、都合よく淫らな声を掻き消してくれそうだ。

「熱いか？」

ネイヴィルから訊ねられ、手のひらで湯に受けた理央は、大丈夫と首を振る。

シャワーヘッドを手に取った彼は、互いの身体を簡単に洗い流したあと、フックに戻してスポンジを掴んだ。

「私が洗ってやろう」

楽しげに言いながら、彼は湯に濡らしたスポンジにボディソープを取り、片手でたっぷり泡立てると、理央の背後に回ってきた。

スポンジで柔らかに背を擦られ、妙な気分になる。散々、裸を見せているというのに、急に恥ずかしくなってきたのだ。

ネイヴィルはそうした気持ちを知ってか知らずか、スポンジを持つ手を前に回してくると、胸を荒い始めた。

「綺麗に洗わないとな」

肩越しに顔を覗かせてきた彼が、自分の手元に目を向けながら、胸から下腹へとスポンジを移していく。

「あっ」

スポンジで己自身を擦られた理央は、こそばゆさに思わず肩を窄める。

「この程度のことに感じるのか？」

からかいの言葉を耳に吹き込んできた彼は、わざとそこをスポンジで刺激してきた。

ザラッとした感触はこそばゆいばかりだったが、もう片方の手で中心部分を握り取った彼にスポンジで先端部分を擦られると、下腹の奥にせつない疼きが生じた。

「やっ……」

瞬間、ブルッと身震いした理央は慌ててネイヴィルの腕を掴む。

その反応に気をよくしたのか、彼は指先で鈴口を広げると、もっとも敏感な内側をスポンジで悪戯に何度も撫でた。

先端から下腹の奥に震えるほどの快感が走り抜け、膝がカクカクして今にも頽《くずお》れそうになる。

しかし、彼は面白がっているかのように、同じ場所だけを擦ってきた。彼の両腕に脇の下を支えられていなければ、今すぐにでもその場にへたり込んでいるところだ。

どこよりも感じる部分を執拗に刺激され、瞬く間に中心部分が張り詰めてくる。と同時に、ネイヴィルの屹立《きつりつ》を尻に感じた。

彼も興奮しているのがわかっただけで、熱い塊をほしがる秘孔があさましく疼き出す。

「ジェイ……」

ネイヴィルの愛を信じた理央は、躊躇うことなく後ろに手を回して彼自身に触れる。

「んっ」

急激な刺激に驚いたのか、彼がわずかに腰を引いた。

それでもかまわず片手に握り取ると、肩にあごを乗せた彼が深いため息をもらす。

初めて触れた彼のそこは驚くほどに熱く、手の中で激しく脈打っている。形を確かめるように指を動かしてみると、彼の手からスポンジが滑り落ちた。

「リオ……」

ネイヴィルは肩にあごを乗せたまま強く抱きしめてきたが、手の動きを邪魔しないように腰を引いている。

もっと触ってほしいのだと察した理央は、抱きしめる腕の中でクルリと半回転すると、泡にまみれたままその場に跪いた。

目の前に隆々《りゅうりゅう》と天を仰ぐネイヴィル自身がある。ビクビクと脈打つそれを見ても恥ずかしくならないどころか、愛しさが込み上げてきた。

幾度となく悦びに浸らせてくれた彼自身をひとしきり見つめた理央は、片手を添えると顔を寄せていく。

「リオ?」

先端を咥《くわ》えたまま視線を上げてみると、ネイヴィルが驚きに目を見開いていた。

理央は目を細め、そして口を大きく開けて灼熱の塊を飲み込んでいく。

「あぁぁ」

気持ちよさそうな彼の声が耳に届いてきた。

たったそれだけのことに身体が熱くなり、己自身がさらに硬く張り詰めるのがわかる。

屹立を口いっぱいに頬張った理央は、窄めた唇で先端に向かって扱き上げながら、脈打つ熱い塊に舌を絡める。

彼ほど上手くできないとわかっているが、気持ちよくなってほしい一心で必死に唇と舌を動かした。

「リオ、ダメだ……」

急に濡れた髪を掴んできたネイヴィルに、股間から頭を遠ざけられる。

「すみません……よくなかったですか？」

「そうじゃない……」

未熟な口淫を恥じた理央を、彼は苦笑いを浮かべながら立ち上がらせると、ブースの壁に両手をつくよう促してきた。

「気持ちよすぎて長く持ちそうにない。今度、時間があるときたっぷり楽しませてくれ」

ネイヴィルはそう言いながら、急いたように棚からなにかのチューブを取り上げ、片手にたっぷり絞り出す。

「ボディ用のクリームだが、なにも塗らないよりはましなはずだ」

説明しながら片手を前に回してきた彼に腰をグイッと引かれ、壁に手をついていた理央は尻を突き出す格好になる。

淫らな姿ではあるが、恥ずかしさはない。それどころか、ネイヴィルを求めて止まない身体が激しく疼いた。

「んっ」

クリームを纏わせた指が秘孔に入り込んでくる。

昨晩の名残もあってか痛みを感じることなく、ツルリと彼の指を飲み込んだ。

「ああっ……あっ……」

難なく奥まで到達した指で内側を掻き混ぜられ、理央は下腹を波打たせた。

男の身体を知り尽くした彼の指先は、間もなく快感の源を捕らえる。そこを刺激されたときの感覚を思い出しただけで、全身がゾクゾクしてきた。

苦痛と紙一重の強烈な快感は、その一カ所でしか味わえない。辛さを伴うが、また味わいたくなる麻薬にも似た快感なのだ
「ジェイ！」

指先で期待する場所をグイッと押し上げられた理央は、壁に手をついたまま大きく背を反らし、激しく身体を振るわせる。

支えのない中心部分が暴れながら、先端から溢れた蜜をまき散らす。吐精していないというのに、まるで達したかのような感覚が訪れ、頭の中が真っ白になった。

「挿れるぞ」

時間をかけて楽しむ余裕もないのか、指を引き抜いたネイヴィルが屹立を秘孔に宛がってくる。

「んっ」

腰を掴んだ彼に勢いよく突き上げられ、またしても理央の背が反り返る。

そのまま抽挿が始まり、理央は躊躇うことなく歓喜の声をあげるが、叫びに近い声はことごとくシャワーの音に掻き消された。

「あぁぁ」

腰を掴んでいた手を前に滑り落としたネイヴィルは、暴れる理央自身をきつく握り取ると、リズミカルに扱き出した。

前後から湧き上がる快感に、理央の声はますます大きくなる。内側で感じる熱が高まるのに合わせ、自分の身体が昂揚していくのがわかった。

「ジェイ……もう」

押し寄せてきた射精感を我慢できずに限界を訴えると、ネイヴィルが一気に腰の動きを速める。

「私もだ……」

背後から聞こえた切羽詰まった声に、ともに達《たっ》せる悦びを感じた理央は、踵《かかと》が浮き上がるほど激しく突き上げられると同時に絶頂を迎えた。

「はぅ」

ネイヴィルに握られた熱い塊から、勢いよく精を解き放つ。

「リオ……」

腰を強く押しつけてきた彼が息んだ瞬間、身体の内側に熱い迸《ほとばし》りを感じた。

間もなくして背後から抱きしめられ、理央は壁に手をついたまま吐精の余韻に浸る。

「愛してる……リオ、誰よりも君を愛してる」

唇を耳に押しつけて囁いた彼が、肩にトンと額を預けてきた。

肩をかすめる熱い吐息を心地よく感じながら、理央は彼の頭に頬を寄せる。

「愛してます」

掠れ気味の声で愛に応え、深く息を吐き出す。

愛されていることを信じ、躊躇うことなく愛していると伝えられた理央は、かつてないほどの悦びを感じていた。

ひとしきり抱きしめていた彼が、そっと繋がりを解こうとする。引き出される感覚は心地いいとは言い難く、思わず眉根を寄せた。

「慌ただしくてすまなかった」

腰を掴んだ手でクルリと半回転させられた理央は、優しく微笑むネイヴィルを真っ直ぐに見つめて首を横に振る。

「夜はなにも予定がないのだが、会いに来てくれるか？」

彼に笑顔で訊ねられ、迷うことなくコクンとうなずき返した。

「さあ、洗い流そう」

軽く唇にキスしてきたネイヴィルは、シャワーヘッドをフックから外すと、泡が残る理央の身体に湯を当ててきた。

理央はもう少しだけ一緒にいたい気持ちがあったが、それを口にすれば彼に迷惑をかけることになると我慢する。

これといった悪戯をするわけでもなく、淡々と泡を洗い流していった彼は、理央の身体がすっかり綺麗になったのを確認すると、ペチッと尻を叩いてきた。

「先に出て着替えててくれ」

「背中を洗ってあげましょうか？」

自分の身体を洗ってくれたこともあり、お返しにと思って言ってみたのだが、なぜかネイヴィルは苦々《にがにが》しく笑った。

「そんなことをしてもらったら、またリオを抱きたくなりそうだから、遠慮しておくよ」

そう言われてしまうと返す言葉もなく、理央は照れ笑いを浮かべながら先にシャワーブースを出る。

タオルハンガーからバスタオルを取り、身体を拭きながらガラス越しになにげなくネイヴィルを見た。

天を仰ぐ彼は頭からシャワーの湯を浴びている。濡れたブロンドがいつにも増して美しく、湯が滴る白い肌が艶《なま》めかしくもあった。

トリートメントを行うたびに感動した均整《きんせい》の取れた彼の身体に、これからは仕事とは関係なく触れることができる。

そんなことに喜び覚えながら見つめていると、視線を感じてこちらを向いた彼が、なにか用かと言いたげに首を傾げた。

急に目が合った驚きに息を呑んだが、慌ててなんでもないと首を横に振り、バスタオルを腰に巻きつけてブースを離れる。

「愛してるかぁ……」

床に落ちている服を拾い上げてベッドの端に腰かけた理央は、ネイヴィルの囁きを思い出しながら、ひとり幸せな気分に浸っていた。

11

ネイヴィルが週に一度、来日するようになって一カ月が過ぎた。

彼は有言実行とばかりに、たとえ地球の裏側にいても、約束の日には必ず自家用ジェット機で飛んでくるのだ。

そこまでしてくれる彼の愛は疑う余地もなく、逢瀬を重ねるほどに彼に対する理央の愛は深まっていった。

「最近の理央ちゃんはなんだかご機嫌ね？」

特別室のベッドに俯《うつぶ》せで横たわっている神崎が、ローションのパッティングを行っている理央に探るような視線を向けてきた。

「そうですか？」

理央はパッティングの手を止めることなく、何食わぬ顔で首を傾げてみせる。

「恋でもしてる？」

「僕は仕事が恋人ですから」

的を射た問いかけにギクリとしたが、冗談めかしながら交わす。

ネイヴィルとの恋愛は、心と身体にいい影響をもたらした。

心が満たされていると、すべてが楽しく思えてくる。忙しい仕事を苦に思ったことはないが、これまで以上のやる気が出た。

そして、彼と長い時間をかけて愛し合うことで、疲れを知らない身体になった。実際にはベッドをともにした翌朝は疲れ切っているのだが、その後はまるでスペシャリストの手でボディケアを行ってもらったかのような爽快感が訪れた。

ネイヴィルと付き合い始めてからは、心身ともに満たされ、癒され、なにもかもが軽くなった気分なのだ。

まさに幸せいっぱいの日々を送っているのだが、さすがに彼が恋人であるとは誰彼となく言えるわけもなく、恋愛に触れられたときは適当に誤魔化すしかなかった。

「お疲れさまでした。少しお休みになりますか？」

「そうね、三十分くらいしたら起こしてちょうだい」

「かしこまりました」

了解した理央は、戸棚からシルクのブランケットを持ってくると、神崎の身体をそっと覆った。

「ありがとう」

「では、ごゆっくりどうぞ」

理央は一礼して特別室を出て行く。

女性客を担当した場合、施術を終えた時点で理央は女性スタッフにバトンタッチする。裸に近い状態で横たわっている女性客を、男である理央が最後までサポートするわけにはいかないからだ。

三十分の睡眠を取ったあと更衣室へと場所を移した神崎が、身支度を調えてフロントに出てくるまでには小一時間かかる。

次に理央が神崎と顔を合わせるのは、おおよそ一時間半後ということだ。

直々に見送らなければならない大切な客ではあるが、ただ彼女が出てくるのを待っているのではなく、理央は別の客のケアを行う。

次の予約客を迎える用意をするため、トリートメントルームに向かったが、途中で携帯電話が気になり控え室に寄った。

自分のロッカーを開け、棚に置いてある携帯電話を手に取り、早速、メールのチェックをする。

時差もあってなかなかネイヴィルと電話で話をするのが難しく、離ればなれになっているあいだはメールでのやり取りが主流になっている。

彼は毎日、メールを欠《か》かすことがない。明日は来日する予定の日であり、到着の時間を伝えてくるはずだった。

「来てる」

胸を弾ませながら、彼から届いたメールを開く。

日本語が達者で苦もなく文章を読む彼も、自ら日本語で綴るのは苦手らしく、メールは常に英文で送られてきた。

いつもどおり『愛しいリオへ』で始まる英文に、ワクワクしながら目を通していく。

しかし、しばらくすると携帯電話を持つ理央の手が小刻みに震え始める。

「なんで？　週一の約束じゃないか」

険《けわ》しい顔つきで携帯電話を握り締める。

どうしても仕事の調整がつかず、明日は行けそうにないと言ってきたのだ。

ネイヴィルが忙しい身であることも、かなり無理をして会いに来てくれていることも理解している。

しかし、これまで彼は一度も約束を破らなかった。初めてのことだけに、怒りよりも不安が募る。

「やっぱり……」

どこか訪れた先で新しい男を見つけたのではないのか。

この一カ月、週に一度の来日を欠かさなかったのは、こちらを信用させるためだったのではないのか。

ネイヴィルの愛を信じたはずだ。彼は間違いなく自分を愛してくれている。自らにそう言い聞かせるのだが、嫌な考えばかりが頭に浮かんでは消える。

メールには次にいつ来るとは書いていない。彼は「ｓｏｒｒｙ《ソーリー》」の一言ですませ、このまま関係を終わりにするつもりなのだ。

かつての悪夢が蘇った理央は、蒼ざめた顔で握り締めた携帯電話を見つめながら、次の予定をメールで訊ねていいものかを迷う。

返信があっても開くのが怖い。ましてや、返信すらしてくれなかったらと思うと、恐ろしくてメールを送れない。

「どうしよう……」

想像もしなかった状況に、ひとりオロオロする。

「理央ちゃん、ここにいたんだ」

急に聞こえた声に、飛び上がらんばかりに驚いて振り返ると、達川が不思議そうな顔で小首を傾げた。

「久美ちゃん……」

「そんなに驚いちゃって、どうしたの？」

「あっ……べ、べつに……」

慌てて表情を取り繕い、持っていた携帯電話をロッカーに戻すが、驚いたせいで鼓動がかなり速くなっている。

「次のお客様から、十五分くらい遅れますって連絡が入ったわよ」

「えっ？　ぼ……僕の？」

「そう、理央ちゃんのお客様」

動揺を隠しきれていないのか、達川は解せない顔つきで見返してきた。

彼女からジッと顔を覗き込まれ、このままではまずいと感じた理央は、「落ち着け」と心の中で唱え、笑顔で礼を言う。

「ありがとう」

背を向けてロッカーの扉を閉めた理央が再び振り向くと、客の遅れを伝えに来ただけではなかったのか、目の前にいる達川は部屋を出て行く気配がない。

それればかりか、なにかを言おうか言うまいか迷っているような顔をしている。

なんとなく嫌な予感がしつつも無言で首を傾げると、ツイッと前に出てきた彼女がコソコソと話しかけてきた。

「ねえ、ねえ、ずっと気になってたんだけど、理央ちゃんってネイヴィル氏とお付き合いしてるの？」

こともなげに訊いてきたが、大きく目を見開いている達川は興味津々だ。

あまりにも唐突な問いかけに、心臓が跳ね上がるほど驚いた理央は声を上擦らせる。

「な……なんで急にそんなこと……」

「このあいだ一緒にいるの見かけたから」

「そう……なの？」

達川はニコッと笑ったが、ネイヴィルとのデートを目撃されていたと知って、さらに鼓動が激しくなった。

「もともと理央ちゃんにお花とか贈ってきてくれてたじゃない？　それに、一緒に飲みに行ったとき、いきなりネイヴィル氏に連れて行かれちゃったりして、なんかあるのかなって思ってみたり」

そう言って軽く肩をすくめた達川は、ちょっと気になっただけと言いたげだ。

確かにこれまでのことを考えると、ネイヴィルと自分の関係を疑われてもしかたないと理央は思い始めた。

仮に正直に答えたところで、達川は言いふらして回るような性格ではなく、彼女には教えてもかまわないくらいの気持ちがある。

きっと、数分前までの自分であれば、幸せいっぱいだったこともあり、迷うことなくネイヴィルと付き合っていることを認めていただろう。

しかし、約束を反故《ほご》にしてきた彼に、捨てられるのではないかといった恐れを抱いている今は、教える気にはなれなかった。

「僕のボディケアを気に入ってくれてるだけで、べつに付き合ってなんかいないよ」

「じゃあ、私の勘違いかぁ」

「だいたい、世界中を飛び回ってる人だし、こっちだって仕事を持ってるんだから、お付き合いなんてできっこないと思うけど？」

「まあ、そう言われればそうよね」

嘘をつく後ろめたさを感じながらも、理央がネイヴィルとの関係を否定すると、達川はこれといって疑ったふうもなく、あっさりと納得してくれた。

彼女から問い詰められなかったことでホッと胸を撫で下ろした理央は、なにげなく壁の時計に目を向ける。

「そうだ……手が空《あ》いてたらでいいんだけど、特別室で神崎様が休んでるから、二十分くらいしたら起こしに行ってくれないかな？」

「いいわよ」

「じゃ、僕、次の用意しないといけないから」

快諾《かいだく》してくれた達川を控え室に残して廊下に出た理央は、トリートメントルームに足を向ける。

いつまでもネイヴィルのことに気を取られていたのでは、これからの仕事に支障を来《きた》しかねない。

どうあってもそれだけは避けたいところだが、頭の中を占《し》めている彼を一向に追い出すことができない。

「もう少し待ってみようか……」

不安に駆られながらも、二、三日くらい様子を見てもいいのではと考え始めた。

彼は本当に仕事が忙しく、都合がつけられなかった可能性がある。次の予定を明確にしてこないのも、仕事の目処《めど》がつかないでいるからかもしれない。

勇気を出してメールを返したところで、忙しい彼を困らせるだけかもしれず、仕事の邪魔をする自分勝手な人間だと思われるような真似はしたくなかった。

「でも……」

この先、ネイヴィルからの連絡がなかったらどうしようかと、またしても不安になってきた。

たった一度、約束を反故にされたくらいで、これほどまでに動揺してしまう己の臆病さに呆れながらも、理央は不安を拭《ぬぐ》い去れないままトリートメントルームのドアを開ける。

「理央ちゃん」

「はい」

アシスタント・スタッフから声をかけられた理央は、足を止めて振り返った。

「お客様が更衣室に入られましたので、まもなくご案内できます」

「ありがとうございます」

理央は笑みを浮かべて一礼し、トリートメントルームに入ってドアを閉める。

「はぁ……」

なんとかしてネイヴィルのことを頭から追い出そうと、天井を見上げて大きなため息をもらす。

それでも完全に彼を消すことはできなかったが、仕事に意識が集中するよう頭を切り換える。

ベッドが綺麗に整えられているか、施術に必要なオイル類に不備はないか、ひとつひとつ確認しながら心を落ち着かせていった。

保温器から取り出したオイルの残量を確かめていると、軽いノックの音が響いた。

オイルを保温器に戻し、深く息を吐き出した理央は、にこやかな笑みを浮かべ、静かにドアを開ける。

「いらっしゃいませ」

「こんにちは」

バスローブに着替えた女性客がニコッと笑う。

先月、初めてサロンを利用してくれた客で、その際、理央がボディトリートメントを担当した。

二度目の来店で指名をしてくれたのは、施術を気に入ってくれた証《あかし》であり、有り難く思うとともに嬉しくなる。

「どうぞこちらへ」

理央は丁寧に頭を下げて女性客を部屋の中に促し、案内してきたアシスタント・スタッフと入れ替わりに一端、部屋を出てドアを閉める。

「しっかりしなきゃ……」

ドアの前で姿勢を正して呼ばれるのを待つ理央は、意識的にこれから行うトリートメントのことだけを考えていた。

12

ネイヴィルから来日の中止を告げるメールが届いてから早二日が過ぎた。

あの日以来、彼は電話もかけてこなければ、メールも送ってこない。短い期間ではあるが、連絡が途絶《とだ》えたのは初めてのことだ。

最初は理央も二、三日、待ってみるつもりでいたが、次第にただ待っているだけの自分が情けなくなり、今日の深夜零時になっても連絡がなかったら諦めようと決めた。

自宅でひとり時間が過ぎるのを待つのは辛く思え、仕事が終わってからホテルのバーに立ち寄った。

達川に話相手になってもらおうかとも考えたのだが、こんなときに限って今日はデートだからと断られてしまう。

ただ、幸いにも顔馴染みのバーテンダーが、酒を飲みながら時間を潰《つぶ》す理央の相手をしてくれていた。

平日の夜にもかかわらず混雑しているが、席が空《あ》くのを待っている客がいるほどではなく、カウンター席にいたっては理央ひとりしかいない。

最上階にあるバーの売りが、夜景を眺めながら酒を楽しめる窓際のカウンターということもあり、客はそちらに集中していた。

ひとりでこの店に来るのは久しぶりだった。正確には、ネイヴィルから誘われたあの晩以来、ここでは飲んでいない。

「そういえば……」

あのとき、ネイヴィルから瞳と同じ色のカクテルを勧められたのを、理央はふと思い出した。

「ねえ、紫色のカクテルってあったよね？」

マホガニーの分厚い一枚板で仕上げたカウンターに片肘をつき、ジンフィズを飲んでいる理央が訊ねると、グラスをクロスで磨いていたバーテンダーがこちらを向いた。

バーテンダーは理央と変わらない年齢ながらも、キャリアが長いというだけあって酒に詳しい。

もうひとりいるベテランのバーテンダーには到底、及ばないものの、酒に関する質問にはほとんど答えてくれるだけでなく、オリジナルのカクテルも注文に応じて気軽に作ってくれた。

「よく知られたものでは、ショートでしたら、ユニオン・ジャック、ブルームーン、ロングでしたら、バイオレットフィズかムーンライトキスでしょうか」

「ブルームーンって綺麗な名前だな」

ネイヴィルが勧めてくれたあのカクテルの名前が知りたくなったのだが、記憶に残っているのは色だけで、味の説明ができない。

あのときは、華奢な脚がついたカクテルグラスで供された。それは、通常ショートと呼ばれているカクテルだ。

ネイヴィルがオリジナルのカクテルを作らせた可能性もあるが、そこまでしていないと考えるならば、ユニオン・ジャックかブルームーンのどちらかだろう。

ブルームーンという名前には惹かれるものがあり、漠然《ばくぜん》とながらネイヴィルも同様に思うのでないかと、そんな気がした。

「ロマンチックな名前だけでなく、色合いもとても美しいですよ。でも、もし好意を寄せていらっしゃる女性がブルームーンをご注文された場合は、脈がないと思って諦めてください」

「なんで？」

バーテンダーの話に、にわかに興味を示した理央は首を傾げて見返す。

「ブルームーンには〈できない相談〉という意味がありまして、まあわかりやすく言うとですね、付き合いたくないという意思表示になるんです」

「へえ、そうなんだ？」

「まあ、カクテルの名前に込められた意味を、すべての女性が理解しているとは限りませんけど、男としては知っておいて損はないと思います」

わずかにカウンターに身を乗り出した彼は、まるで内緒話をするかのように声を潜めて教えてくれた。

ネイヴィルであれば、カクテルが持つ意味くらい知っているだろう。とすれば、誘う相手にわざわざブルームーンを勧めてくるわけがない。

名前は気に入ったが、目当てのカクテルではなさそうと判断した理央は、もうひとつについても訊ねてみる。

「ユニオン・ジャックのほうはどんな意味があるの？」

「残念ながら、ユニオン・ジャックについては、とくに聞いたことがありませんね」

「そっか……でも、誰かに勧めるなら、ユニオン・ジャックのほうが無難ってことだよね？」

「そうですね。それに、色合いもブルームーンに負けず劣らず美しいですよ。お作りしましょうか?」

バーテンダーは問いかけに迷うことなく同意すると、ユニオン・ジャックを試してみないかと笑顔で勧めてきた。

あの晩、飲んだカクテルの記憶が曖昧な理央は改めて味わってみたくなり、軽くうなずき返した。

「かしこまりました」

一礼したバーテンダーが、すぐさまカクテルを作る用意を始める。

慣れた手つきでテキパキと準備していく彼を見つつ、理央は未練がましい自分に呆れてジンフィズを一気に飲み干した。

ネイヴィルに捨てられたかもしれないというのに、彼のことしか考えられないでいる。

「はぁ……」

ため息をつきながら、カウンターに出しておいた携帯電話を手に取った。

日付がかわるまで残すところあと一時間。それまでに、この携帯電話が彼からの電話もメッセージも受信しなければ、すべてが終わるのだ。

「お待たせいたしました」

肩を落として悲嘆《ひたん》に暮れている理央の前に、バーテンダーがカクテルグラスを置いた。

視線をグラスに移してみると、菫色の液体がトップライトを受けて美しく輝いていた。

「ありがとう」

理央はさっそくグラスを引き寄せる。紛れもなくネイヴィルに勧められたカクテルだ。

彼の瞳と同じように魅惑的な色をしたカクテルをひとしきり見つめ、そしてグラスを口に運ぶ。

色が美しいだけでなく、口に含むとなんとも優雅な香りが広がる。ほのかな甘みを感じるが、まとわりつくようなしつこさがない大人《おとな》の味だ。

「美味しいね」

こちらを見ているバーテンダーに声をかけつつ、ネイヴィルもこのカクテルが好きで勧めてきたのだろうかと、あの晩に思いを馳《は》せる。

「あっ」

いきなり握っていた携帯電話がブルブルッと震え出し、物思いに耽《ふけ》っていた理央は慌ててグラスをカウンターに下ろした。

ディスプレイにはネイヴィルの名前が表示されている。メールではなく電話を掛けてきたのだ。

期待と不安に胸をドキドキさせながら、バーテンダーに会釈《えしゃく》をしてスツールから降り立ち、電話が切れないことを祈りつつ急ぎ足でドアに向かう。

「ジェイ……」

ドアを開けてバーの外に出るなり、携帯電話を耳に押し当て呼びかけると、すぐに懐かしい声が返ってきた。

『リオ、今どこにいるんだ?』

ネイヴィルからは、挨拶もなければ、詫びの言葉のひとつもない。声から伝わってくるどこか焦った様子を不審に思いつつも、理央は正直に答える。

「あの……〈クイーンズ・コンチネンタル・銀座〉のバーですけど」

『よかった……十分で迎えに行くからそこで待っててくれ』

彼はそう言うなり電話を一方的に切ってしまった。

「迎えに行くって……日本にいるってこと?」

呆然と携帯電話を見つめるが、答えが返ってくるはずもなく、理央は彼の言葉に従い、店に戻っていく。

会いに来てくれたのは間違いないのだろうが、あまりにも唐突過ぎるがゆえに驚きが大きく、喜びを感じるどころではない。

「どうかしましたか？」

狐につままれたような顔で戻ってきた理央は、心配そうな声をかけてきたバーテンダーに、なんでもないと肩をすくめて見せつつスツールに腰かける。

飲みかけのカクテルグラスを手に取って一口、含むが、混乱しているせいか味わいを楽しむ余裕もなかった。

本当にネイヴィルはここまで迎えに来てくれるのだろうか。なぜ来日したことを黙っていたのだろうか。答えの出ない疑問が頭の中で渦巻いた。

「いらっしゃいませ」

しばらくして、客を迎えるバーテンダーの声が聞こえた。ハッと我に返った理央が咄嗟にドアを振り返ると、三つ揃いを着たブロンドの男が目に飛び込んできた。

「ジェイ……」

夢か幻でも見たかのように、口を開けたまま彼を見つめる理央の瞳に涙が滲んでくる。

「リオ、会いたかった」

真っ直ぐに歩み寄ってきたネイヴィルが、カウンターから伝票を取り上げると、理央に手を差し伸べてきた。

「さあ、私と一緒に来てくれ。リオに見せたいものがある」

理央はポカンとしたまま彼の手を取り、スツールを降りる。

ネイヴィルが会いに来てくれたことが、ただただ嬉しくてならない。

どこに行くのか、なにを見せたいのか、そんなことはどうでもよく、手を握られたままドアに向かった。

彼はキャッシャーの前で一端、足を止めると、カウンターの中にいるボーイに伝票と札《さつ》を渡し、釣りはいらないと片手を振った。

「おいで」

握っていた手を肩に移した彼に、エレベーターホールへと促された理央は、今もそばにいるのが信じられないネイヴィルを、潤んだ瞳でいつまでも見つめていた。

＊　＊　＊　＊　＊

「なにを言ってるのか、僕には理解できないんですけど……」

眉根を寄せてつぶやいた理央は、顔を綻ばせているネイヴィルを首を傾げて見上げる。

ネイヴィルと一緒にバーを出た理央は、ホテルの前で待機していた黒塗りのリムジンに乗せられ、三田にある高層マンションに連れて来られた。

ここは以前、ニュースでも取り上げられたことがあり、広く名前が知れ渡っている。分譲世帯《ぶんじょう》は最低でも億を下らず、賃貸でも月に何百万も要する、不景気などどこ吹く風といった五十階建ての超高級マンションだ。

ネイヴィルが常宿にしていた〈クイーンズ・コンチネンタル・銀座〉のロイヤルスイートもかなりの好条件を整えていたが、この部屋はそれを遙かに上回っている。

最上階の南側に設けられたリビングルームは全面がガラス張りになっていて、すぐ目の前に見える東京タワーを中心に都心の景色が広がっていた。

「ここで暮らすことに決めたと言っただけで、べつに難しいことは言っていないぞ」

肩に手を回してきたネイヴィルに促された理央は、アイボリーの豪勢なソファに並んで腰を下ろす。

すでに調度品が揃っているここは、すぐにでも生活が始められそうではある。しかし、外国に家がある彼が、なぜ東京で暮らすのかといった思いは拭い切れなかった。

「そんなことをいきなり言われても……」

理解し難い顔で見返すと、腰に腕を回してきたネイヴィルにいきなり抱き寄せられた。

「一週間に一度でもリオに会えればいいと最初は思っていた。しかし、もうそれでは我慢できなくなったんだ。いつでもリオに会える場所で暮らしたい、たとえ世界を飛び回っていても、リオのもとに帰ってきたい。だから、東京に移り住もうと決めた」

「本気なんですか？」

「本気もなにも、もうすべての手続きがすませてある。そのせいで日本に来るのが数日遅れてしまったが……」

「どうして言ってくれなかったんですか？」

ネイヴィルを遮《さえぎ》って声を怒った声をあげた理央は、連絡が途絶えていたあいだの寂しさと辛さを思い出し涙を溢れさせる。

「内緒にしてリオを驚かせたかったんだよ」

涙を見て慌てた彼が、ひしと抱きしめてくる。

「約束は破るし……それっきり連絡はしてこないし……僕はまた……」

次から次へと涙が溢れ、理央は言葉に詰まった。

「私に捨てられたと思ったのか？」

「だって……」

鼻を啜《すす》りながら、真っ赤になった目でネイヴィルを見上げる。

「私の愛を信じてくれたのではなかったのか？　私が愛するリオを捨てるわけがないだろう？」

見上げる理央の瞳から新たな涙が伝い落ちると、頭を抱き込んだ彼が唇を髪に押し当ててきた。

何度も何度も髪にキスを落とし、背中を優しくさすってくれる。

「悪かった……リオを喜ばせることしか頭になくて、君がどんな思いをしているかまで考えが回らなかった。本当にすまない……」

申し訳なさそうに言った彼が、再び抱きしめてきた。

先ほどよりも強い抱擁に骨が軋《きし》みそうだが、理央はその強さに胸が熱くなる。

こんなにも愛されているというのに、どうして疑ってしまったのか。ただ彼を信じればいいだけのことなのにと思うと、詫びてきた彼に対して申し訳なさが募ってくる。

「ジェイ……愛してる」

涙に濡れた顔を上げ、自らネイヴィルの唇を塞ぐ。

二度と疑わない――愛する彼を信じる――理央がありったけの思いを込めて唇を貪《むさぼ》ると、すぐに彼がキスに応じてくる。

十日ぶりに交わすキスは、少しだけしょっぱい味がしたが、胸は喜びに満ちていた。

そっと唇を離したネイヴィルが、菫色の瞳で見つめてくる。

「リオ……」

「ここで私と暮らしてくれないか？」

ネイヴィルから同居を請われた理央は、驚きと嬉しさが同時に込み上げてきた。

同じ東京で暮らしてくれるだけでも嬉しかった。そばにいたいという、彼のその気持ちだけで充分だった。

彼と生活をともにすることなど、まったく考えたことがなく、今は想像もできない。

ましてや、本当に自分でいいのかといった思いが脳裡をかすめる。自分の存在が、仕事で世界中を飛び回っている彼の邪魔にならないだろうかと不安になる。

しかし、彼の愛を信じ、彼を心から愛している理央は、もう迷うことはなかった。

「はい。よろしくお願いします」

「よかった」

安堵の笑みを浮かべたネイヴィルが、コンと額をぶつけてきた。

「愛している」

息も触れ合うほどの距離で囁かれ、理央は涙で顔をグチャグチャにしながらも笑みを浮かべる。

完全な笑顔にはならなかったが、それでも喜びは充分に伝わったのか、優しく微笑むネイヴィルはそっと涙を拭ってくれた。

「新しいベッドの寝心地を確かめてみないか？」

手を取って立ち上がった彼に寝室へと誘われた理央は、手を強く握り返すとすぐに腰を上げた。

もう二度と会えないかもしれないと、この三日間はそんなことばかり考えていた。だからこそ、今は彼の手を絶対に離したくなかった。

広いリビングルームを横切った先にあるのが、どうやら寝室のようだ。位置的にリビングと同じく南に面している。

ドアを開けてくれたネイヴィルに促されて先に入ると、天蓋《てんがい》つきのキングサイズのベッドが中央に置かれていた。

カーテンが開け放された腰高の窓の向こうには見事な夜景が広がり、手を伸ばせば届きそうなほど近くに東京タワーがある。

引き寄せられるように窓へと歩み寄っていった理央は、窓脇に両手をついて煌めく夜景を眺めた。

カーテンを閉めずとも誰の目に触れる心配もない高層階で、思う存分に彼と愛し合えると思っただけで、にわかに身体が熱くなった。

「美しい眺めだな」

ネイヴィルに背中越しに抱き竦《すく》められ、理央は胸が高鳴る。

熱い吐息が耳をかすめただけで身震いが起きた。

唇を首筋に押しつけた彼の手が、シャツの裾から入り込んでくる。ひんやりとした手の感触にドキッとしたが、直に胸を撫でられると身体から力が抜けた。

ひとしきり胸を撫で回していた手が、肌に沿って滑り落ちる。布越しに股間を覆った手で中心部分を持ち上げられ、下腹の奥がキュンとなった。

「ジェイ……」

「リオの声は耳に心地よい」

股間を揉みし抱かれながら、耳たぶを甘噛みされ、膝がかすかに震え始めた理央は、ネイヴィルの腕を掴んで己の身体を支える。

「リオの綺麗な身体が早く見たい」

耳元で囁きながら、彼は背後に立ったままシャツのボタンを外していく。

前がはだけて胸が露わになると同時に、シャツを脱がされた。

「綺麗だ……」

肩に唇を押しつけてきた彼が続けてパンツの前を開くと、勝手にスルスルと足下に滑り落ちていった。

その中途半端な格好が恥ずかしかった理央は、その場に立ったまま靴を脱ぎ、足踏みをしながらパンツから足先を抜く。

身体にピッタリ張りつくボクサーパンツと靴下のみという格好になったが、どうせすぐに全部、脱がしてくるだろうと、あとは彼に任せる。

「あぁ」

なぜか彼は下着を脱がすことなく、中に手を入れて勃ち上がりつつある中心部分を引っ張り出すと、くびれをウエストのゴムに引っかけた。

「ジェイ？」

下着と靴下だけでも妙な格好だというのに、張り詰めた先端部分をはみ出させているというみっともない姿に、理央は困惑顔で振り返る。

「夜景を眺めながら楽しむのも一興《いっきょう》だ」

ニッコリと微笑んだネイヴィルが、ペロリと舐めた指先をゴムに圧迫されて少し開いた鈴口に押し当ててきた。

「やっ」

強い痺れが走り抜けた理央は頭を左右に振って嫌がったが、彼はかまわず指の腹で敏感な内側を擦る。

「あぁ……っあ……んん」

脳天まで突き抜けるような強烈な快感に、腰がガクガクと震え、膝から力が抜ける。

ゴムに押さえられている理央自身が一気に硬度を増し、先端から蜜が溢れた。

「はぁ」

鈴口への刺激に加え、下着越しに張り詰めた裏筋を擦られ、立っているのが辛くなった理央がネイヴィルの腕を掴んでもたれかかると、片腕でしっかりと抱き留めてくれた。

「ちょっと触っただけなのに、こんなに硬くして悪い子だな」

耳に吹き込まれるからかいの言葉に、全身がカッと熱くなる。

中心部分が激しく疼き、下着に隠された秘孔までがあさましくひくつき始めた。

「ジェイ……ジェイ……」

鈴口と裏筋への執拗な愛撫に、下半身が蕩けそうになっている理央は、愛する男の腕の中で淫らに身悶える。

「もう我慢できそうにないのか？」

「イキたい……」

素直に望みを口にすると、小さな笑い声をもらして腕を緩めたネイヴィルに、窓枠に寄りかからされた。

下着がずりさがったみっともない格好の自分とは対照的に、三つ揃いを纏った彼はネクタイの結び目すら崩れていない。

それだけでも恥ずかしいというのに、下着からはみ出ている先端部分をジッと見つめられる理央は、いたたまれなくなって目を逸らした。

「可愛い」

「あふっ……」

しとどに濡れた鈴口を指先で弾かれ、全身に震えが走った理央は咄嗟に窓枠を掴んで頽れそうな身体を支える。

「可愛いリオは私だけのものだ、絶対、他の誰にも触れさせるな」

独占欲を露わにしたネイヴィルが、熱っぽい菫色の瞳で見つめてきた。

「僕にはジェイだけ……ジェイにしか許さない……」

愛撫で熱を高められた身体を持て余しながらも答えると、嬉しそうに微笑んだ彼がその場に跪く。

輝くブロンドで股間が隠れると同時に、熱く熟した鈴口に舌先が押し込まれた。あまりの心地よさに理央は無意識に腰を突き出す。

「あぁぁ……あああっ……」

窓枠を掴んでいた手をブロンドに移し、柔らかな髪を指で絡め取り、頭を反らして快感に打ち震える。

ネイヴィルは淫らな音を立てて先端を吸いながら、下着を掴んで引き下ろす。しかし、彼は脱がすことなく、ゴムの部分をぷっくりと膨らんだ袋の裏に引っかける。

ゴムの力で双玉ごと中心部分がせり上がり、恥ずかしさだけでなくちょっとした息苦しさを感じたが、理央は彼のするに任せた。

ネイヴィルが与えてくれるのは快感だけだ。今夜も、身も心も溶かすほどに甘い快楽の水底へと導いてくれるに違いなかった。

「はぁ」

熱い塊が彼の喉元深く飲み込まれ、片手で双玉を弄ばれる。

生温かい口内に含まれた心地よさと、双玉を転がされるムズムズとした感覚に、勝手に腰が揺らめく。

「ジェイ……早く……」

下腹の奥で渦巻く射精感に苛《さいな》まれ始めた理央は、急《せ》かすようにブロンドに絡めた指先で彼の頭を掻き抱いた。

唇をきつく窄めた彼が、つけ根から先端に向けてゆっくり扱き上げていく。

裏筋を擦られ、くびれに歯を引っかけられ、湧き上がった快感に射精感が高まる。

「もっと……もっといっぱい……」

理央は譫言《うわごと》のようにつぶやきながら、限界間近の己《おのれ》自身にすべての意識を集めた。

「っ……ん」

輪にした指で手早く扱く彼に、尖らせた舌先で鈴口の奥を抉《えぐ》られた瞬間、理央は抗い難い射精感に屈した。

「イク……」

目をきつく閉じて大きくあごを反らし、ネイヴィルの頭を股間に押しつけながら、彼の口内にすべてを解き放つ。

「うう……ん」

吐精を終えて身震いすると、緩やかに身体から力が抜けていき、そのあとにとてつもない解放感が訪れる。

「ジェイ……」

脱力した手がネイヴィルの頭から滑り落ち、窓枠に寄りかかっていた理央は壁伝いにズルズルと頽《くずお》れた。

床にペタンと尻を着くと、跪いていた彼にそっと抱き寄せられる。

「はぁ」

肩でひとつ大きく息をついた理央は、力なく両手を彼の肩にかけて身を委ね、気怠《けだる》い余韻に浸った。

「リオ」

優しく背を撫でてくれていたネイヴィルに、突然、抱き上げられる。

「ベッドの寝心地を確かめるのを忘れるところだった」

彼は冗談めかしながらベッドに歩み寄ると、そっと理央を横たわらせ、自ら服を脱ぎ始めた。

まっすぐこちらを見つめる彼の視線が股間に移り、自分がみっともない姿であることを思い出した理央は、慌てて上掛けの中に潜り込む。

可笑しそうに笑いながら服を脱いでいくネイヴィルを横目に、上掛けの中でコソコソと下着と靴下を脱ぎ、ベッドの外に投げ捨てる。

「寝心地はどうだ？」

一糸まとわぬ姿になった彼が、上掛けを捲って隣に滑り込んできた。

「気持ちよく眠れそうです」

抱きしめてきたネイヴィルに答えると、彼は満足そうに微笑んだ。

「それはなによりだ。だが、眠るにはまだまだ早いぞ」

意味ありげに唇の端を引き上げた彼に、抱きしめられたまま組み敷かれる。

言葉の意味を容易に理解した理央は、了解の意を込めて微笑み返す。

今夜はどれほど愛し合ったとしても足りそうにない。互いに疲れて果てて眠りに落ちるまでには、まだまだ時間がかかりそうだ。

自らネイヴィルの首に両手を絡めて身体を擦り寄せた理央は、愛する彼の腕の中で、愛されることの喜びを改めて噛みしめていた。

ＥＮＤ

愛に溺れて…

三久保理央《みくぼりお》が恋人のジェンソン・ネイヴィルと暮らし始めて一カ月、まるで新婚夫婦のような甘い日々を送っている。

とはいえ、土曜、日曜の出勤があたりまえになっている理央と、忙しく海外を飛び回るネイヴィルは、いまだ同じ日に休みが取れていない。

心から愛し合い、互いを必要としているからこそ、二人で長い時間を過ごせない寂しさに、小さな諍《いさか》いが起きることも珍しくなかった。

「ジェイ、無理を言わないでください。病気でもないのにいきなり休んだりしたら、指名してくださっているお客様に申し訳ないです」

キッチンでコーヒーを淹《い》れている理央は、いつものように三つ揃いを着てテーブルの端に腰かけているネイヴィルに厳しい視線を向ける。

これからそれぞれに出勤する二人は、すでに朝食を食べ終え、着替えもすませていた。

理央はネイヴィルより出社が一時間遅いのだが、できるだけ会話をしたい思いから、同じ時間に起きるようにしている。

そして、食事を終えたあと、彼の迎えが来るまでの三十分ほどを、コーヒーを飲みながら過ごすのが日課になっていた。

ほんの短い時間であっても、ネイヴィルと楽しく会話をしたことにより、一日、気持ちよく働けるのだが、どうやら今日はそうもいきそうにない。

「リオはバリ島に行ってみたいと言ったではないか」

「どうぞ」

不満を露《あら》わにしているネイヴィルに、コーヒーを満たしたマグカップを渡し、理央は自分のカップを手に椅子《いす》に座る。

明日から六日の予定でバリ島に出張する彼は、一緒に来ないかと誘ってきた。

バリ島にあるスパやエステティックサロンは評判がよく、日本人観光客も数多く訪れている。

東南アジアに行ったことがない理央としては、一度は訪ねてみたい場所でもあり、彼からの誘いは嬉しかった。

しかし、彼が一緒に行かないかと誘ってきたのは昨日の晩のことだ。出張の話をしているときバリ島に興味を示したため、急に思いついたのだろう。

嬉しいとはいえ、いきなり長期にわたって仕事を休むわけにはいかず、今回は無理だと答えたのだが、彼はそれが不満らしかった。

「僕だって行きたいですよ。ジェイと一緒ならどこにだって行きたいです。でも、いきなり仕事を休めないことくらい、あなただってわかるでしょう？」

両手でマグカップを持ってテーブルに肘《ひじ》をついた理央は、コーヒーに息を吹きかけながらネイヴィルを見上げる。

「どうしても調整できないのか？」

「できないのではなく、自分勝手な都合でお客様に迷惑をかけたくないんです」

ごねられた理央がキッパリと言い放つと、ネイヴィルがさも不機嫌そうに大きなため息をもらした。

「では、しかたないな」

渋々ながら諦めたネイヴィルがコーヒーを啜《すす》ると、彼が着ている上着のポケットの中で軽やかな音が鳴り響いた。

マグカップをテーブルに下ろし、携帯電話を取り出した彼は、短い会話で電話を終わらせて立ち上がる。

いつもと同じやり取りに、迎えの車が到着したと察した理央は、彼を見送るために椅子から腰を上げた。

「行ってくる」

ネイヴィルは柔らかに微笑み、見上げる理央の頬に軽くキスをする。

「行ってらっしゃい」

理央は彼の両肩に手を置き、背伸びをして唇にキスを返す。

ひとしきり見つめ合ったあと、ネイヴィルはひとりキッチンをあとにする。玄関まで見送りにいかないのは、秘書の荒木浩一《あらきこういち》が迎えに来ているからだ。

彼はネイヴィルとの関係だけでなく、このマンションで一緒に暮らしていることも知っている。

遠慮する必要はないのだが、やはり新妻《にいづま》のように見送るのは恥ずかしく、理央はキッチンに留まるようにしていた。

「はぁ……」

再び椅子に腰を下ろし、ため息をつきながらマグカップを手に取る。

東京に住まいを移したネイヴィルは、それに伴って仕事場を青山の店舗《てんぽ》に設《もう》けた。

本社から主要な社員まで呼び寄せ、これまでと変わりなく仕事ができるように体勢を整え、出張で海外に行く以外は東京で執務《しつむ》にあたっている。

すべてが自分のそばにいたいがためであるとわかっている理央は、そこまでしてくれた彼に対してこれっぽっちの不満もなかった。

今回の旅行にしても、本当ならば二つ返事をしたかった。バリ島を訪ねてみたいだけでなく、なによりもネイヴィルと一緒に旅をしてみたかったのだ。

「急なうえに六日も休めるわけないよ」

先月、怪我を理由に一週間の休みを取ったばかりであり、さすがに私用で六日も休暇は取れない。

「でもなぁ……」

無理を言ってきたのはネイヴィルであり、勝手に不機嫌になったほうが悪いと言ってしまえばそれまでだが、やはり誘ってくれた彼の気持ちを考えると申し訳なくなった。

どうにかできないものかと頭を捻《ひね》るが、すでに入っている予約を断るなど到底、無理な話だ。

ましてや、予約客の半分ほどが自分を指名してくれているのだから、なおさら勝手な都合で断るわけにはいかない。

仕事を取るか、恋人との旅行を取るか、選択肢《し》は二つしかないが、今回ばかりは仕事を優先せざるを得なかった。

「諦めようっと」

大きく息を吐き出した理央は椅子から立ち上がると、二つのマグカップを持って調理台に移動し、自動食洗機のフタを開ける。

すでに食洗機の中には朝食のときに使った食器類が入っている。そこにマグカップを加え、洗剤を投入してスイッチを入れた。

「確認だけでもしてみようかな」

未練を残している理央はひとりつぶやきながら、出かける支度《したく》をするためにキッチンを出て行った。

＊　＊　＊　＊　＊

ネイヴィルが出張に出てから四日目、いつもより早い時間に起きた理央は、羽田から飛び立ったジェット機の中にいた。

ネイヴィルの出張は残すところ二日間となり、明日には帰国する。しかし、彼が出かけたあともバリ島に行きたい気持ちを募らせていた理央は、強硬手段に出ることを決めた。

明日はサロンの定休日であり、今日一日だけ休暇を取れば一泊の旅行が可能となり、短期間ながらもネイヴィルとバリ島で過ごせると考えたのだ。

問題は休みを取れるかどうかだったが、幸《さいわ》いにもスケジュールの調整が上手く行った。

さっそくネイヴィルに電話で伝えると、彼はバリ島に駐機《ちゅうき》させている自家用ジェット機を羽田に飛ばすから、それに乗ってこいと言ってくれた。

急ぎ航空チケットを取らなければと考えていただけに、とんでもない申し出に驚きながらも、有り難く利用させてもらうことにした。

理央は海外生活が長かったこともあり、幾度となく日本と外国の往復をしているが、さすがに自家用ジェット機には乗ったことがない。

期待に胸を膨らませて羽田に行くと、なんと仕事中は常にネイヴィルと行動をともにしている荒木が待っていてくれた。

いくら社長秘書とはいえ、往復で十四時間近くかかるというのに、社長の恋人を迎えに行く役目を与えられた荒木の気持ちを思うと、理央はいたたまれなくなった。

しかし、荒木は嫌な顔ひとつすることなく、終始、にこやかに接してくれている。

羽田を離陸してしばらくしてから、ソファでくつろぐよう荒木に勧められ、シートを離れた理央は彼と向かい合わせに腰かけていた。

「理央さんはバリ島が初めてだそうですね？」

「ええ」

気を遣って話しかけてくれる荒木に、理央は努めて笑顔を浮かべて見せている。

世界中を飛び回っているネイヴィルの自家用だけあり、ジェット機の中はたいそう豪勢な造りになっていた。

こぢんまりとしたバーカウンターがあり、ソファの前には安定感のある大きなテーブルも用意されている。

なによりも、備《そな》え付けられたソファは座り心地のよい贅沢なもので、離着陸時は普通のシートに着席する必要があるが、水平飛行中は地上にいるかのようにリラックスできた。

とはいえ、あまり会話をしたことがないだけでなく、ネイヴィルとの関係を知っている荒木を前にした理央は、少しばかり居心地が悪い思いをしている。

なにを話せばいいのか、どういった話題なら楽しく時間をやり過ごせるだろうかと、それに気を取られるあまり、余計に口数が減ってしまっていた。

あれこれ考えているうちに、荒木が間もなく結婚する身であることを思い出した。

結婚を機に男性が退職するのは珍しいが、ネイヴィルは海外を飛び回っているだけに、荒木はどうするつもりなのだろうかと素朴な疑問が浮かんだ。

「あの……もうすぐ結婚なさると伺いましたが、秘書は続けられるんですか？」

「最初は迷っていました。でも、理央さんのおかげで辞《や》めないですみました」

荒木は意味ありげな笑みを浮かべたが、なぜ自分のおかげなのか、その理由に思い当たらない理央は首を傾《かし》げてみせた。

「今まではウィーンでの一人暮らしを楽しんでいましたが、結婚後は東京で暮らしたかったので、辞めどきかなと思ったんです。それが、タイミングよく社長が本拠地《ほんきょち》を東京に移してくれましたので問題が解決しました」

「そうですか……」

理央は他に返す言葉がなく、彼から視線を逸《そ》らした。

ネイヴィルが東京に住まいを移した理由を彼は知っている。ネイヴィルが話して聞かせたのか、荒木が察したのかは不明だが、知られていると思うと恥ずかしいものだ。

「ですから、これからも僕は社長と行動をともにしますけど、本当になにもありませんから誤解しないでくださいね？」

荒木が今度は悪戯《いたずら》っぽい笑みを浮かべて見返してくる。

視線を彼に戻していた理央は、嫉妬したことを思い出してパッと顔を赤らめ、またしても目を逸らした。

彼は嫌《いや》みを言っているわけでもなく、少しの悪気もないのだろうが、ネイヴィルとは世間的に大っぴらにできない関係にあり、その部分にあからさまに触れられると困惑する。

「すみません、なんだかとても失礼な言い方をしてしまいましたね。社長がいつも理央さんのことを楽しそうに話してくださるので、僕もつい理央さんと親しい間柄のような気になってしまって……」

「いったい彼はどんな話をしているんですか？」

思わず訊《たず》ねた理央は、すぐに後悔した。

彼らは主従の関係にありながらも、遠慮なく話ができる間柄のようであり、ネイヴィルが荒木になにを話して聞かせているのか、それを知るのが恐ろしくなったのだ。

まさか夜の生活にまで触れてはいないだろうと思うが、裸でベッドにいるところに荒木を呼びつけたくらいだ。あけすけに話している可能性は否定できなかった。

「例《たと》えていうなら、帰宅した子供が学校での出来事を親に報告するみたいに、いろいろ話してくださいますよ」

荒木は柔らかな笑みを浮かべて答えてくれたが、ネイヴィルが嬉々《きき》として話して聞かせている姿を思い浮かべた理央は呆然とする。

「あっ、すみません、また変な言い方をしてしまいました。いくらなんでも、あの……ようするに当たり障《さわ》りのない話です」

理央の不安を察したように慌てて弁解してきた荒木は、照れ笑いを浮かべてしきりに頭を掻いた。

苦笑いするしかない理央は、親しみが持てるにもかかわらず、上手く会話が続かない荒木と、これからの数時間をどう過ごそうかと悩む。

バリ島に向かうジェット機に乗ってしまった今、後悔したところで後の祭りでしかないのだが、自分で航空チケットを取ればよかったと思ってしまう。

そうすれば、フライト中は誰にも邪魔されることなく、ネイヴィルに思いを馳《は》せていられただろう。

「あっ、そうだ……」

ふと思い出しように立ち上がった荒木が、バーカウンターに歩み寄る。

「理央さんのお好きなワインを冷やしておきました。お飲みになりますか？」

背を向けた彼は小さな冷蔵庫のドアを開けると、鮮やかなブルーのワインボトルを取り出して見せてきた。

時間つぶしに酒を飲みたいところだが、理央は彼と二人でグラスを傾けることに躊躇《ため》いがあった。

「僕はちょっと仕事があるので席に戻らせていただきますが、到着までまだ四時間近くありますので、よろしければどうぞ」

気を利かせてくれたのか、本当に仕事があるのかどうか定かではなかったが、安堵した理央は笑顔でうなずき返す。

「ありがとうございます」

「なんかいろいろ持って行けと社長から言われまして、チーズやドライフルーツが……」

再び背を向けて冷蔵庫のドアを開けた荒木は、中から次々に取り出してはカウンターの上に並べていく。

「自分でやりますから、どうぞお仕事をなさってください」

理央は慌てて腰を上げ、カウンターに歩み寄る。

空港に到着するまで世話をするようにと、ネイヴィルから言われているのかもしれないが、これ以上の迷惑はかけたくなかった。

「お任せしちゃってよろしいですか？」

「ええ」

「じゃあ、すみませんが、よろしくお願いします。グラスはここで、コルクスクリューはここ、ナイフはこっちの引き出しで……あの、このへんにあるものはどれでも適当に使ってかまいませんので、ご自由にどうぞ」

簡単に説明してくれた荒木は、一礼《いちれい》してカウンターを出ると後方のシートに向かう。

入れ違いに中に入った理央は、ネイヴィルが用意してくれたドイツ産の白ワインを手に取った。

フランスとスイスで長らく暮らしていた理央は、白ワインを好んで飲んでいた。オーストリア出身のネイヴィルも白ワインが好みらしく、二人でよく飲むのだ。

早速、コルクを抜いた理央は、グラスに注ぎながらさりげなく荒木に目を向ける。

どうやら仕事があるというのは本当だったらしく、彼は簡易《かんい》テーブルの上の置いたノートパソコンを開いていた。

迎えに来てくれた彼には申し訳ないが、しばらくは話をしなくてすみそうだと思うと理央はホッとした。

「チーズはいいか……」

大好きなカマンベールをひとしきり眺めたあと冷蔵庫に戻した理央は、ドライフルーツが入った袋とグラスを手にソファに戻る。

冷えたワインを一口、味わい、香り高く爽《さわ》やかな口当たりに思わず顔を綻ばせた。

「夕食はジェイと一緒に食べられるかな？」

腕時計に目を向けた理央は、ひとりワインを飲みつつ、あと数時間で会えるネイヴィルを思い浮かべていた。

＊　＊　＊　＊　＊

デンパサール国際空港からホテルまで送ってもらった理央は、ネイヴィルが泊まっている部屋に案内された。

しかし、当のネイヴィルは外出中で、広々とした部屋で彼の帰りを待つことになった。

五つ星のホテルはバリの伝統的な建築物を模《も》して造られている。広大な敷地の中央にある巨大なプールを取り囲むように、客室が並んでいた。

すべてが天然木による解放感に溢れた平屋造りで、エキゾチックな雰囲気がいかにもバリらしい。

「気持ちいいなぁ……」

着てきた長袖のシャツを脱ぎ、タンクトップ一枚になってリビングルームのバルコニーに出た理央は、緩やかに流れる海風に身を任せながら、あかね色に染まった空を眺める。

どこからともなく聞こえてくる民族音楽、風に揺れる椰子《やし》の葉音に、自然と心が穏やかになっていった。

「リオー、どこにいる？」

ネイヴィルの大きな声にハッと我に返った理央は、急ぎ足で部屋に戻っていく。

「ジェイ、こっちです」

声を張り上げると、急いた足音が近づいてきた。

「リオ」

リビングルームに現れたネイヴィルが、大きく両手を広げて駆け寄ってくる。

平均気温が三十度を超えるバリ島に来てまでも、三つ揃いを着ているネイヴィルに呆れるいっぽうで、仕事でのスタイルに対する徹底ぶりには感心した。

「ジェイ……」

理央は躊躇うことなく彼の胸に飛び込んだ。

離れていたのはたったの三日間だが、もう何日も会っていなかったかのように懐かしさが込み上げてくる。

「待たせてすまなかった」

しっかりと抱きしめてきたネイヴィルが優しく髪を撫で、そして唇を重ねてきた。

「んっ」

会いたい気持ちは同じだったのか、思いの丈《たけ》を込めた熱烈なキスに身体を熱くした理央は彼の唇を貪《むさぼ》る。

一緒に暮らし始めてからはキスを欠かしたことがない。朝に晩にと、日に何度も唇を重ねている。それでも、彼とのキスに飽きるどころか、重ねる度に身体は熱くなった。

「リオ……無理をしたのではないか？　私のために……」

唇を離したネイヴィルは両手で理央の頬を挟むと、心配そうに見つめてきた。

誘いを断ったときは機嫌を損ねたくせに、いざやって来たら心配する彼に、理央は可笑しさが込み上げてくる。

「僕に来てほしくなかったのですか？」

少し意地悪な言い方をすると、彼がスッと眉根を寄せた。

「来て欲しかったに決まっているだろう？　ただ、仕事を休めないと言っていたから心配になっただけだ」

「すみません……休みを取ったのは一日だけですから大丈夫です」

彼を怒らせるつもりがなかった理央は、素直に詫びてネイヴィルに抱きつく。

「七時にディナーの予約をしてあるのだが、その前にリオを食べたい」

耳元で甘く囁いた彼に、いきなり抱き上げられる。

「ジェイ?」

「長旅で疲れているか?」

「いいえ、とても快適なフライトでした」

ニッコリと微笑んでみせると、彼は満足そうに目を細め、部屋の奥へと足を進めた。

しかし、彼は大きな天蓋《てんがい》付きのベッドを通り越し、バルコニーに出て行く。

リビングルームのバルコニーに比べて倍以上の広さがあり、中央に円形のジャグジーが設けられていた。

たっぷり張られた水が、ジェット噴射によって泡立ちながら波打っている。

板張りの床に下ろされた理央が振り返ると、彼は早速、服を脱ぎ始めた。

一緒に入るのだと察した理央は、自らパッパと服を脱ぎ捨てると、ようやくワイシャツのボタンを外《はず》し終えたネイヴィルを手伝うため彼の前に跪く。

彼の前で裸になることには慣れた。ましてや、異国の地にいる解放感からか、いつも以上に気持ちが大胆《だいたん》になっていた。

理央がスラックスの前を寛《くつろ》げてやると、脱いだワイシャツを放った彼が、あごに添えてきた手で顔を上向かせる。

「私がいないあいだ、いい子にしてたか？」

本気で疑っているのではないとわかる穏やかな菫《すみれ》色の瞳に、理央は笑顔でうなずき返しつつ、スラックスと下着を一緒に引き下げた。

半ば勃《た》ち上がっているネイヴィル自身が露わになるなり、両手を添えて唇を寄せる。

「んん……」

思わずといった感じで声をもらした彼は、股間に顔を埋めた理央の頭に手を置く。

理央は大きく口を開けて先端部分を含むと、赤子のように音を立ててしゃぶった。

口の中に彼自身を感じるだけで、己の身体の熱が一気に高まっていくのがわかる。

服を脱いだときにはまだ大人しかった中心部分が、すでに頭をもたげていた。

「リオ……」

少しずつ喉の奥深くに飲み込んでいくと、頭を掴んでいる彼の指に力が入る。

理央は今も彼ほど口淫《こういん》は上手くないが、それでも感じてくれていると思うと嬉しく、唇と舌を使って慈《いつく》しむように愛撫を加えた。

瞬く間にネイヴィルのそれは口いっぱいになるほど硬く張り詰め、ドクドクと熱く脈打ち始める。

灼熱《しゃくねつ》の楔《くさび》と化した彼自身を頬張《ほおば》るほどに、理央自身も硬度を増していき、身体を動かすたびに下腹を叩く。

自分にも触れてほしい思いと、彼をもっと味わいたい思いが入り乱れ、理央は知らぬ間に己に手を伸ばしていた。

「リオ」

いきなりネイヴィルに頬を軽く叩かれ、口に含んだまま上目遣いで彼を見る。

「自分で弄《いじ》ったりするな」

笑いを含んだ声で指摘され、初めて自分がしていることに気づいた理央は、顔を真っ赤に染めると同時にパッと己から手を離した。

「もういいから、先にジャグジーに入っててくれ」

ネイヴィルから促され、渋々《しぶしぶ》ながら股間から顔を遠ざけ、ジャグジーに向かう。

彼がスラックスを脱いでいく気配を感じながら、ジャグジーの縁に腰かけて両足を水に浸けた。

はじめは冷やっとした水にもすぐに慣れ、ひんやりとした感覚が心地よくなる。

屹立《きつりつ》した己《おのれ》から目を逸らすために、波立つ水の中でユラユラと揺れる足先を見つめていると、隣に立ったネイヴィルがいったん腰を下ろし、そのまま滑るようにしてジャグジーの中に入った。

「先にイカせてやろう」

ニッと笑った彼が理央の膝を大きく割り、屹立をスッポリと咥《くわ》え込む。

「あぁ」

いきなり訪れた快感に、理央はジャグジーの縁を掴んで仰け反る。

咥えられたまま水に濡れた指で秘孔を擦られ、仰け反ったまま身体を震わせた。

「んっ……ふ……ぁああ……」

ネイヴィルに抱かれたのはほんの四日前だが、一緒に暮らし始めてから一日と空《あ》けたことがないせいか、早くも秘孔が彼を求めてあさましく疼き出す。

だらしなく膝を開き、ねだるように腰を迫り出させる。すぐにでも彼と繋がりたくてたまらなかった。

しかし、先に一度、昇り詰めさせるつもりでいるネイヴィルは、中心部分と秘孔を弄《もてあそ》ぶばかりだ。

「ジェイ……来て……ジェイが欲しい……」

焦《じ》れた理央が懇願《こんがん》すると、股間から顔を上げた彼が嬉しそうに笑った。

「先にイカなくていいのか？」

「待てない……」

理央は急かすように両手を彼に向けて伸ばす。

「いきなりだと痛い思いをするぞ？」

「大丈夫だから」

気遣う彼の腕を掴み、早くしてくれと潤んだ瞳で訴える。

「わかった」

うなずいたネイヴィルはすぐさまジャグジーから出てくると、理央の隣に足を広げて深く腰かけた。

「こちらを向いて私を跨《また》いでごらん」

理央は促されるまま向き合って彼の脚を跨ぎ、両手で肩に掴まる。

これからどうすればいいかは指示されるまでもない。ネイヴィルとひとつになるため、自ら尻を落としていけばいいだけだ。

中腰になって彼の屹立を秘孔に宛《あて》がい、大きく息を吐き出して尻を落としていくが、どれほど飢えていたとしても、前戯《ぜんぎ》もなしに受け入れるのは容易《ようい》ではなかった。

「ううぅ」

思わず顔をしかめて呻くと、腰を掴んできたネイヴィルに動きを止められる。

「やはり、まだ無理なのではないか？」

「大丈……夫」

理央は小さく首を横に振り、ピリピリとした痛みに堪えながら腰を下ろしていった。

普段は長い愛撫に蕩《とろ》けて解《ほぐ》れた秘孔が、難なく灼熱の塊を飲み込む。しかし、数日、間が空いただけで柔襞は進入を拒み、感じるのは痛みばかりだ。

「くっ……うん……」

ネイヴィルとひとつになりたい、ただその一心で歯を食いしばり、理央はゆるゆると体重をかけていく。

「ゆっくりでいいぞ。辛《つら》いなら途中で休んでかまわない」

彼はもう止めてくることはなかったが、いつも以上に理央の身体を気遣ってくれた。

「ジェイ……もう少し……あと少しで僕の中があなたでいっぱいになる……」

痛みだけでなく、ネイヴィルの脈動を感じ始めた理央は、彼にしがみつきながら意を決して一気に腰を落とした。

「あぅ」

尻が彼の腿にあたると同時に、想像以上の痛みに襲われ、大きく背が反り返る。

貫《つらぬ》かれたそこから脳天にかけて、身体が二つに裂けてしまいそうな感覚に囚《とら》われた。

しかし、深く繋がり合えたことで、激痛を打ち消すほどの幸せを感じている理央は、呼吸を乱したままネイヴィルの唇を塞ぐ。

「んんっ……」

自ら押しつけた唇でキスを貪っていると、股間に手を差し入れてきた彼が、痛みに萎《な》えかけていた中心部分を握り取り、緩やかに扱《しご》き始めた。

「んっ、んっ」

先端を手のひらで柔らかに撫で回され、じんわりと広がった快感に理央はいやらしく腰をくねらせる。

同時に腰を軽く揺すった彼に、灼熱の楔で奥深くを突き上げらると、さらなる快感が湧き上がり、すっかり痛みを忘れた。

「ジェイ……もっと……」

唇を離した理央は、ネイヴィルをひしと抱きしめ、自ら腰で円を描く。

いつの間にか彼自身に馴染《なじ》んだ柔襞が、動きに合わせて押し広げられ、なんとも言い難い心地よさが生まれる。

「はぅ」

リズミカルに中心部分を扱かれ、腰を突き上げられ、全身が燃えさかる。

「痛くないのか？」

心配してくるネイヴィルの耳元で、理央は大丈夫と囁き返しながら、いっそう激しく尻を動かす。

いつも以上に深く受け入れている彼自身で、真下から突き上げられるのが心地よくてたまらない。

快感の源を硬く張り詰めた先端に擦《こす》られるたびに、理央の鈴口《すずぐち》から蜜《みつ》が溢れ出し、ネイヴィルの手を濡らす。

「ジェイ、ジェイ……」

感極《きわ》まってきた理央が無闇やたらに腰を振り始めると、限界が近いのを察してくれた彼が片腕で腰を抱き留め、抽挿《ちゅうそう》の速度を一気に上げた。

「ああぁ……いい……も……っと」

立て続けに全身を駆け抜けていく快感に、理央は我を忘れて身悶《みもだ》える。

彼に握られている中心は今にも弾けそうなほど硬く張り詰め、尻の中は二人の熱が混じり合い、蕩けそうになっていた。

「リオ……」

声を上擦らせたネイヴィルも限界が間近に迫っているのか、よりいっそう激しく腰を突き上げてくる。

何度も快感の源《みなもと》を押し上げられた理央は、下腹の奥で渦巻く射精感についに屈《くっ》した。

「ジェイ……出る」

肩口に顔を埋めてしがみつき、歯を食いしばって一気に解き放つ。

数日ぶりの吐精《とせい》は長く続き、天にも昇る心地で理央はうっとりした。

「リオ」

呻《うめ》きに近い声が耳に届くと同時にネイヴィルが身震いし、身体の奥深くで精《せい》が迸《ほとばし》る。

「はぁ」

大きなため息を吐き出した彼が、両の腕で抱きしめてきた。

ともに吐精し、解放感に浸る至福の時を、理央は彼の鼓動を感じながら味わう。

そよぐ風に乗って聞こえてくる葉音と民族音楽、そして、薄れゆくあかね色の空。

異国の地で初めて身体を重ねた二人は、しばらく繋がり合ったまま余韻《よいん》に浸っていた。

＊　＊　＊　＊　＊

ホテルのプールに面したレストランで、理央はネイヴィル、荒木とともにテーブルを囲んでいた。

バリ島を訪れた初日に、二人だけで食事ができないのは残念でもある。なにより、自分たちの関係を知っている荒木を前に、どんな顔をすればいいのかわからず困るのだ。

しかし、彼らは仕事で来ている。ネイヴィルに会いたいがために飛んできた理央は、彼から荒木と一緒に食事をすると言われても文句は言えなかった。

「せっかくだから地元の料理を頼んでみたのだが、食べられそうにないものがあったら遠慮なく言ってくれ」

気を遣ってくれたネイヴィルに、理央は笑みを浮かべてみせる。

「エスニック料理は好きなので大丈夫です。それより、こんなにたくさん頼んでしまって食べきれるのですか？」

テーブルにずらりと並べられた料理を呆れ顔で見回すと、ネイヴィルが意味ありげな視線を荒木に向けた。

「コーイチが身体に見合わず大食漢《たいしょくかん》なんだよ。彼と二人で食事をするときはいつも三人前が必要だ」

「三人前は大げさです」

荒木はすぐに言い返したが、笑っているところをみると、まんざら嘘でもなさそうだ。

恋人同士であることを隠そうともしないネイヴィルと、それを気にも留めていなさそうな荒木を前に、最初は居心地が悪かった理央も気が楽になっていた。

「そうだ、コーイチ」

「はい？」

「明日のフライトなんだが、明後日の早朝に羽田に着くよう調整してくれ」

こともなげに言ったネイヴィルが、チラッと理央を見てくる。

フライト時間の変更は彼から提案された。本当は明日の昼過ぎにこちらを発《た》ち、夜には東京に到着する予定だった。

しかし、それではバリ島で過ごす時間が短くなってしまうため、夜のフライトにしてはどうかと言い出したのだ。

理央が休暇を取ったのは今日一日だけであり、明後日《あさって》は出勤しなければならない。

しかし、早朝に羽田に到着するのであれば、一度、帰宅して着替えをすませてから出勤しても間に合う計算だ。

最初はネイヴィルの提案に難色を示したが、自家用ジェット機でのフライトは自宅にいるのと変わらないくらい快適で、多少の強行軍《きょうこうぐん》であっても突破できそうな気がした。

どうせならばバリ島を堪能したい思いもあり、理央は彼の提案を受け入れたのだ。

「何時着がよろしいのでしょうか？」

荒木は誰のための予定変更であるかを容易に察したのか、ネイヴィルではなく理央に訊ねてきた。

彼は秘書として確認してきただけだろう。言外の意味はなく、思うところすらなさそうだった。

こちらが変に意識するのが間違っているのだと、あくまで仕事に徹《てっ》する荒木を見て考え直した理央は素直に答えを返す。

「七時くらいでも大丈夫でしょうか？」

「かしこまりました。では、そのように調整いたします」

荒木が笑顔で了承すると、ネイヴィルが満足そうにうなずいた。

「さあさあ、食べようではないか。最初の夜にここで食事をしたのだが、どれも美味《うま》かったぞ」

陽気な声をあげた彼に勧められ、理央は早速、フォークを手に取る。

「これはバビグリンと言う豚の丸焼きなんですが、バリ島で一番のごちそうだそうです」

荒木が説明しながら、テーブルの中央に置かれている料理を取り分けてくれる。

「パリパリに焼いた皮を食べるところなんかは、北京《ペキン》ダックに似てますよね」

「ありがとうございます」

理央は彼から差し出された皿を受け取り、自分の前に置いた。

社長秘書として気を遣ってくれているのだろうが、屈託《くったく》のない彼はもともと人懐《ひとなつ》っこい性格なのだろう。

ひとり気負っていた理央は、遠慮なく食事を始めた荒木を見つつ、自分の肩からスーッと力が抜けるのを感じた。

「明日の午前中はスパの予約を入れてある。このホテルのスパはかなり人気が高いそうだから、よい勉強になるのではないか？」

「予約、取れたんですか？」

理央は驚きに目を丸くした。

このホテルに入っているスパは日本でも話題になるほど名高く、一度は訪れてみたいと思っていた。

バリ島に行く決心をしてすぐに飛び立ってしまったため、予約など取れるわけがないと諦めていただけに、いったいネイヴィルはどんな手を使ったのかと勘ぐってしまう。

しかし、世界のどこに行ってもＶＩＰである彼には、きっと不可能なことなどないのだろう。そんな彼の恋人であることを素直に喜ぶことにした。

「リオのために特別室を取っておいた」

「嬉しいです。ありがとうございます」

理央が満面に笑みを浮かべて礼を言うと、ネイヴィルは気にするなと言いたげに微笑んでワイングラスを手に取った。

「明日はＤ夫人とランチの約束が入っていますので、お忘れにならないよう願います」

荒木がわざとらしく厳しい口調で割って入ってくると、ワインを飲んでいたいネイヴィルは冷ややかに見返した。

「まったく、小舅《こじゅうと》のようだな？」

「仕事ですから」

素っ気なく言い返したあとの荒木が、悪戯っぽくペロッと舌を出したのを目にした理央は、笑っているネイヴィルと顔を見合わせて目を細めた。

異国に来てまで三人で食事をすることになろうとは考えもしなかったが、荒木は同じ部屋に泊まるわけでもなく、二人だけの時間はたっぷりある。

慌ただしく日本を飛び立ってしまったが、理央は無理をしてでもネイヴィルがいるバリ島を訪ねてきてよかったと、心の底から思っていた。

END

あとがき

みなさまこんにちは、伊郷《いごう》ルウです。

セシル文庫では三冊目となりますが、なんと一年も間《あいだ》が空《あ》いてしまいました。そんなに空いたつもりはなかったのですが、前作を調べてみたところ、昨年の八月発行で……本当に時が経つのが早いです。

さて、今回は「ひたすら愛される」をテーマにしてみました。

基本的に恋愛小説なので「愛されてなんぼの話」なのですが、今回は受け君がいやというほど愛されます。

惜《お》しみなく愛を注《そそ》ぐのは、金髪に菫《すみれ》色の瞳をしたオーストリア人ジュエラーのジェンソンと、「愛してる」攻撃に戸惑うのはエステティシャンの生《き》真面目な日本人青年の理央《りお》です。

とある事情から恋愛恐怖症になってしまった理央を、ジェイがどうやって口説き落としていくかが見所だと思うのですが、なにしろジェイは外国人ですからね、行動力は半端なく凄《すご》いです。

恋愛における行動力を、日本人は少し見習ったほうがいいのでは？　と、そんなことを考えさせる男です。

まあ、場合によってはしつこいと思われてしまうかもしれませんが……。

そういえば、今回のお話を書くにあたり、日本の男性エステティシャンについて調べてみました。

海外では男性のエステティシャンは珍しくないのですが、日本ではいまだにエステティシャン＝女性といった印象が強いですよね。

でも、最近では日本でも少しずつではありますが、男性のエステティシャンが増えているようです。

執筆作業に入る前に体験できればよかったのですが、時間的余裕がなく断念してしまいました。

今度、機会があったら、勉強と癒《いや》しを兼ねて体験しようかと思っています。

もし、みなさまの中で、すでに体験ずみという方がいらっしゃいましたら、お話を聞かせていただきたいです。メール、ブログの拍手コメントなどで教えてくださいませ。


今回はあとがきのページ数が多いので、プライベートな話を少しだけ。

小説を書いているとどうしても運動不足になりがちなので、毎日、一時間ほどウォーキングをしています。

始めてから一年が過ぎたのですが、体調はすこぶるよいにもかかわらず、体重は一向に減らない……。

少しは減ると期待していたのに、ほとんど変わらないことに腹を立て、ウォーキングに食事制限を加えてみました。

プロテイン＋炭水化物抜きというダイエットなのですが、魚料理を中心にしたこともあり、これはかなり効き目がありました。

半年後には少しすっきりした身体になれるだろうと、期待を込めて真夏のダイエット実行中です。

さてさて、最後になりましたが、イラストを担当してくださいました、サマミヤアカザ先生に心より御礼申し上げます。

お忙しい中、とっても素敵なイラストを本当にありがとうございました。

それでは、またどこかでお会いしましょう。

二〇一〇年盛夏

伊郷ルウ

オフィシャルブログ〈アルカロイドクラブ〉……http://alka.cool.ne.jp/

セシル文庫をお買い上げいただき、ありがとうございます。
この本を読んでのご意見・ご感想・ファンレターをお待ちしております。

☆あて先☆
〒113-0033　東京都文京区本郷3-40-11
コスミック出版　セシル編集部
「伊郷ルウ先生」「サマミヤアカザ先生」または「感想」「お問い合わせ」係
→Eメールでも OK！　cecil@cosmicpub.jp

セシル文庫

愛《あい》されて甘《あま》やかされて恋《こい》を知《し》る

【著 者】　伊郷《いごう》ルウ
【発 行 人】　杉原葉子
【発 行】　株式会社コスミック出版
〒113-0033　東京都文京区本郷 3-40-11
【お問い合わせ】　- 営業部 -　TEL 03(5844)3310　FAX 03(3814)1445
- 編集部 -　TEL 03(3814)7580　FAX 03(3814)7542
【ホームページ】　http://www.cosmicpub.jp
【振替口座】　00110-8-611382
【印刷／製本】　中央精版印刷株式会社

乱丁・落丁本は、小社へ直接お送り下さい。郵送料小社負担にてお取り替え致します。
定価はカバーに表示してあります。